形容詞・形容動詞の短歌コレクション1000

はじめに

スタンダードとアドベンチャー――形容詞・形容動詞の魅力

わが国には実に多くの形容詞・形容動詞があります。その割には、これらの品詞は、文法書以外ではこれまで正面切って取り上げられておりません。形容詞・形容動詞というと硬い感じがしますが、じつのところ、歌人がいちばん言いたいところに具体的にフォーカスするときに頼るのがこの二つの品詞だということは明らかな事実です。しばしば一首中の「花」というべき役割を担っています。本書に太字で表した部分が、それぞれの歌の中核となっていることは、明快に読み取れるところです。

一方で、歌人が歌を作る時に心がける方向を思い切りよく摘出すれば「スタンダード」と「アドベンチャー」の両方向になります。本書ではこのふたつの品詞を活かした、古今の秀歌（スタンダード）と意欲作（アドベンチャー）の双方を紹介しています。

ときに、風光の精緻をとらえ、人の世の機微を掘り下げるさまに、まさに「なるほどね」とうなずく、所を得た表現の確認と同時に、「そんな言い回しができるのか」という新発見の確認とをふたつながら提示しました。「正」と「奇」の競演です。

形容動詞については専門家の間でも説が分かれ、極端なものとして、独立の品詞と見做さない説さえあります。ですから、当然の現象として国語辞典の扱いも辞書によって許容にばらつきがあります。本書は歌人のアドベンチャーを支持する立場から、外国語も含めて許容範囲を広く捉えています。伝統のみやび、外国語の斬新、今日現在の話しことば、俗語や方言にひそむ絶妙のニュアンスはこの両品詞の自在さを語ってくれます。

なお、本書ではかなり幅広く斬新な表現を取り込んでいますが、辞書の裏付けのない語は一語たりとも収めておりません。

また、これらの品詞の特殊用法や文法論といった関連知識はコラムで紹介しています。

一首一首をよくよく味わってみれば、先人がなぜ形容詞・形容動詞という品詞を尊重してきたかがあらためて明確にわかると思います。これらの品詞の存在意義とは何か、本領は何か、機能効果はどのようなものか、百聞は一見に如かず、早速ご覧いただきたい。

どうか、座右に置かれまして、折々形容詞・形容動詞の魅力・底力をご堪能ください。

日本短歌総研　主幹　依田仁美

本書の読み方（もうひとつの文法入門書として）

本書の趣旨は作品集であり文法書ではありません。文法的な内容は姉妹編『短歌常用語辞典 形容詞・形容動詞編』（飯塚書店編集部編）をご覧ください。

とは言いながらも、多数の実作例を知ることにより、活きた用法を身につけることができます。そういう意味からは「もうひとつの文法入門書」といえるかもしれません。

試みまでに作品の末尾に「活用形」を付記していますので、随時、本欄後掲の「活用表」と対照してご覧ください。

先ずは、諸賢ご存じの品詞のおさらいからはいることにします。

【形容詞】

動詞、形容動詞と共に用言の一つ。活用があり、単独で述語になります。終止形の語尾が文語では「し」、口語では「い」となります。事物の性質、状態、心情、感情などを表します。活用は口語では一種類ですが文語の活用には「ク活用」と「シク活用」の二種類があります。また、連用形に「あり」がついて「……くあり」「……しくあり」から「カリ活用」が生じています。

さらに、時代の流れの中で連用形、連体形は発音の変化によりウ音便、イ音便などが起こり、「美しく」が「美しう」に、「白き」が「白い」に代わるようになりました。

【形容動詞】

動詞、形容詞と共に用言の一つ。形容詞的性質と動詞的性質とを共に持ち合わせています。活用があり、終止形の語尾が文語では「なり」または「たり」となり、口語では「だ」「です」となります。活用は口語では「デス活用」を加えて二種類、文語では「ナリ活用」「タリ活用」の二種類があります。形容詞と同じく事物の性質、状態などを表します。なお、口語では文語の「タリ活用」に相当するものはなく、たとえば、口語の「堂々と」は連用形でなく、副詞と見るのです。

なお、一部の辞書の口語活用表には「デス活用」を掲げないものもあります。

形容動詞は活用語尾を含めて一語としているのが一般的な考え方です。しかし、その語幹を名詞、活用語尾を助動詞とする考え方があります。(「コラム」参照)

辞書によっては「単純」「陳腐」「敏感」「性悪」などに形容動詞の用法があることを認めて、品詞として(名・形動)と二つを示しています。名詞として実体的意味を持つ場合と、形容動詞語幹として情態的意味を持つ場合をそれぞれ認めるのです。ここでは、語幹に続く活用語尾にあたるところが、いわゆる活用語尾以外の語(例えば「の」「は」など)

である場合は名詞と見ることも可能ですが、本書ではこれを語幹として取り上げています。

また、漢語や外来語が状態情意の表現として日本語に組み込まれる場合、形容動詞の形をとります。

活用表

形容詞・文語

種類	基本の形	語幹	未然形	連用形	終止形	連体形	已然形	命令形
ク活用	清し	きよ	ーく ーから	ーく ーかり	ーし	ーき ーかる	ーけれ	ーかれ
シク活用	美し	うつく	ーしく ーしから	ーしく ーしかり	ーし	ーしき ーしかる	ーしけれ	ーしかれ
	むつまじ	むつま	ーじく ーじから	ーじく ーじかり	じ	ーじき ーじかる	ーじけれ	ー

形容詞・口語（活用は一種類のみ）

種類	基本の形	語幹	未然形	連用形	終止形	連体形	仮定形	命令形
	清い	きよ	ーかろ	ーかっ ーく	ーい	ーい	ーけれ	○

形容動詞・文語

種類	基本の形	語幹	未然形	連用形	終止形	連体形	已然形	命令形
ナリ活用	静かなり	しづか	―なら	―なり ―に	―なり	―なる	―なれ	―なれ
タリ活用	堂々たり	だうだう	―たら	―たり ―と	―たり	―たる	―たれ	―たれ

形容動詞・口語

種類	基本の形	語幹	未然形	連用形	終止形	連体形	仮定形	命令形
ダ活用	静かだ	しずか	―だろ	―だっ ―で ―に	―だ	―な	―なら	○
	こんなだ	こんな	―だろ	―だっ ―で ―に	―だ	(―な)	―なら	○
	(大きな)	おおき	○	○	○	―な	○	○
デス活用	静かです	しずか	―でしょ	―でし	―です	(―です)	○	○
	こんなです	こんな	―でしょ	―でし	―です	(―です)	○	○

※ダ活用「こんなだ」連体形の（―な）およびデス活用連体形の（―です）が用いられるのは、助詞の「ので・のに」が付く場合に限る。また、前者には「そんなだ」「同じだ」等の類語がある。

目次

色彩

青

青き灯のゆらげる河にすぐに出る大阪の街をすこし愛せり（連体）　吉川　宏志『雪の偶然』

ひとどほりすくなきみちをゆくときの**あをき**傘とはあめのかんむり（連体）　田口　綾子『かざぐるま』

吹かれつつ降る淡雪のやみしとき月冴え冴えと**青き**夜はくる（連体）　黒田　淑子『丘の外燈』

みずうみの**青かり**しかな吹きおろしくる風ひたと凪ぎしいちにち（連用）　岡田　恭子『春よ来い』

甘エビのあわあわ**青き**卵すするわがまなうらに冬の日本海（連体）　五十嵐順子『奇跡の木』

石地蔵を**蒼き**谷間へ投げ捨てし少年の日の夏の碧落（連体）

前 登志夫
『青童子』

桃の木に縛りえしものなにもなし**蒼き**空映ゆ空の極みよ（連体）

藤田 武
「雁」

あんたも俺もリストに載ってる**真っ青な**兇悪言語操作者として（連体）

加藤 治郎
『環状線のモンスター』

いきつぎをすることもなく越えてゆけただ**直**《ひた》**青**《さお》の風の国境（語幹）

井辻 朱美
『クラウド』

赤

体じゅう寝癖のついたモルモット絵の具のような**赤い**目をして（連体）

山本 夏子
『空を鳴らして』

「直青」「ひた」はもっぱら、すべての意を表す接頭語。一面に青い様子。

違はずに彼岸の花は茎たてり細くますすぐに先
端**赤し**（終止）

林　三重子
『桜桃』

かがまりてこんろに**赤き**火をおこす母とふた
りの夢つくるため（連体）

岸上　大作
『意志表示』

いたみもて世界の外に佇《た》つわれと**紅き**逆睫毛《さかまつげ》
の曼珠沙華（連体）

塚本　邦雄
『感幻樂』

君と見て一期の別れする時もダリヤは**紅し**ダ
リヤは**紅し**（終止・終止）

北原　白秋
『桐の花』

朱く、**紅く**、**赫く**とどろき火を噴くリラ！柔
和なるもの柔和ゆえ死す（連用・連用・連用）

岡井　隆
『土地よ、痛みを負え』

母の身体にそつと触れれば我の手はなんと**ま**
つ赤な血が流るるか（連体）

北神　照美
『ひかる水』

「逆睫毛」眼球のほうに向かって生えた睫毛。

長き夏の日の翳りゆき**うす赤く**染まる世界の
なかに二人は（連用）

中澤　系
『uta 0001.txt』

死の側より　照明《てら》せばことにかがやきて**ひた**
くれなゐの生ならずやも（語幹）

齋藤　史
『ひたくれなゐ』

黄

はとバスの**黄色い**車体を街に見ずただ新緑の
さやぐ東京（連体）

栗木　京子
『新しき過去』

白

いたく語彙《ごゐ》の貧しき今日かな疲れたれば**白き**
敷布に吾がよこたはる（連体）

小暮　政次
『新しき丘』

「ひたくれなゐ」全体が紅色である様子。

あやまてる愛などありや冬の夜に**白く**濁れるオリーブの油（連用）
黒田　淑子
『丘の外燈』

烏龍のやうなる**白き**サンダルに足は翼であればをさめつ（連体）
川野　芽生
『Lilith』

吾が髪の**白き**に恥づるいとまなし溺るるばかり愛《かな》しきものを（連体）
川田　順
『東帰』

白い部屋の**白い**眠りを脅かす昨日のデモの呼びかけメール（連体・連体）
大田　美和
『とどまれ』

死の際《きわ》にああ**ま白し**と祖母《おおはは》の言いし五月よまこと**真白し**（終止・終止）
佐伯　裕子
『未完の手紙』

真っ白な半紙に文字を埋めつくす「天《てん》地《ち》玄《げん》黄《こう》」風吹く夜は（連体）
鈴木　柴乃
『虹をまるめて』

「天地玄黄」天は黒く地は黄色であるという意味。天と地の正しい色を表している。

〈色のある歌を詠むのだ〉**真つ白い**雪の世界に生きたとしても（連体）
山科 真白
『さらさらと永久《とは》』

けさの夢腐らぬうちに**まつしろな**豆腐に薄き刃物を当てる（連体）
大山 節子
『億劫《おくこふ》』

面取れて太きはだかの家柱**生白《なまじろ》き**空をずるんと引けり（連体）
さいかち真
『浅黄恋ふ』

深山木の暗きにあれど指す方は遠**ほの白し**これやわが道（終止）
湯川 秀樹
『深山木』

黒

縦の空に**黒き**煙はのぼりゆくスマホに撮りしをスマホに見たり（連体）
吉川 宏志
『雪の偶然』

キャンパスの奥に位置する解剖学教室　教授の**黒い**ネクタイ（連体）

藤島　秀憲
『ミステリー』

黒き線をひきたき手なり黄昏は無性に汚したきものばかり（連体）

平井　弘
『顔をあげる』

かくまでも**黒く**かなしき色やあるわが思ふひとの春のまなざし（連用）

北原　白秋
『桐の花』

ひつたりと閉ぢし椿の根の方《かた》に**ま黒き**犬の起《た》ち上がりたり（連体）

春日真木子
『あまくれなゐ』

蒼《あお》く澄《す》みて鷗《かもめ》のあそぶこの波の底**黝《うすぐろ》き**死の光あり（連体）

馬場　充貴
『聞けわだつみの声』

わが夏の汚点のようにうなだれて向日葵**かぐろき**実りなど抱く（連体）

小沼　青心
『野鳥時計』

「かぐろき」くろぐろしている。「か」は接頭語。

明

呼ぶこゑの破片のごとくすぎゆける手をおもふ手はあふれ**あかるき**（連体）
山中智恵子
『紡錘』

ねえ夜中のガードレールとトラックのように揺れよういちどだけ**明るく**（連用）
平岡　直子
『みじかい髪も長い髪も炎』

今日すぎて倒れ伏すべき山草の黄のなだりにて霧は**明るし**（終止）
馬場あき子
『葡萄唐草』

夏野菜いろ**あかるく**て硝子器は家族の前にやがて整う（連用）
加藤　治郎
『昏睡のパラダイス』

哀しみは極まりの果て安息に入ると封筒のなか**ほの明し**（終止）
浜田　到
『架橋』

月よみの照り**あきらけき**地《つち》のうへ紅梅の影とがりて黒し（連体）

岡本かの子
『わが最終歌集』

あきらけく夜々にし見えて月といふ大き衛星の随ひきたる（連用）

石川　恭子
『野の薫り』

うす淡くたちまち消えし虹をみつ馬が蹴飛ばす粉雪のなか（連用）

香川　進
『氷原』

輝

そのみ貌**きらきらしき**に借問す祈りてさらにわれら貧しき（連体）

山中智恵子
『紡錘』

青年の雨衣黴雨《つゆ》晴れの屋上にはためく**きらびやかなる**襤褸《らんる》（連体）

江畑　實
『梨の形の詩学』

「月よみ」天照大御神の弟で夜の世界をつかさどる月読尊（つくよみのみこと）。月の異名。

「襤褸」ぼろぼろの衣服。

一夜風吹き海底の琥珀**きららかに**敷くとふ早
春の海辺思ほゆ（連用）
石川　恭子
『野の薫り』

あたへあふ愛知らずゆく晴天を針葉**つややけ**
き松のむれ（連体）
大塚　寅彦
『刺青天使』

つちふまずに朝《あした》の光あたりたり歩かない足
つややかにして（連用）
江戸　雪
『空白』

昼の湯のタイル**まぶしく**息づきぬ胸ふくよか
な女になりたし（連用）
三国　玲子
『空を指す枝』

わがままといふ特権をふりかざす君を見てゐ
る**眩しく**見てる（連用）
玉井まり衣
『しろのせいぶつ』

君からのLINE画面に映りたる太平洋の青が
眩しい（終止）
田中　拓也
『東京《とうけい》』

白雷雨《はくらいう》去りてふたたびわだつみは**まぶしき**夏の胸をひらきぬ（連体）

久葉　堯『海上銀河』

緑素粒きらめく窓が白球を追ひつつ仰ぐ眼に**眩しかり**（連用）

春日井　建『未青年』

まひるまの池**まぶしく**て白鷺の首のほそさに来たれる秋か（連用）

大口　玲子『桜の木にのぼる人』

七竈色付くほどに目をひきていよよ**眩ゆく**紅冴えてゆく（連用）

武藤　敏春『鶲鳴く』

白熱灯**まばゆく**五官おこすなりジュンイチローが明けてイチロー（連用）

前川佐重郎『天球論』

硝子扉の外は**まばゆき**朝なれば裁かるるごと風に入りゆく（連体）

中山　明『猫、1・2・3・4』

「わだつみ」海の神。

「七竈（ななかまど）」バラ科の落葉小高木。秋の紅葉が美しい。

星空にのぼる拍手は鳴りつげり遠き舞台は**まばゆき**光（連体）
窪田章一郎『素心臘梅』

イチゴジャムブルーベリージャム毎日は二色しかなくてなんて**カラフル**（語幹）
中井スピカ『ネクタリン』

あの時という一瞬の繰り返し**さんさんと**硬貨とり落としたり（連用）
源　陽子『百花蜜のかげりに』

ザビエルの汗も十字架《クルス》も**燦々と**輝く薩摩の日射しを受けて（連用）
小林　幹也『九十九折』

夜桜の**玲瓏と**して浮かびいるこの静けさを恐ろしと見つ（連用）
本木　巧『夕べの部屋』

樹齢わが子ほどと思ひ仰ぐともその幹ふとく花は**らんらん**（語幹）
大山　敏夫『朝昼寝』

外来語は形容動詞として使われることが多い。ここはその語幹。

「ザビエル」江戸時代、日本に初めてキリスト教を伝えたスペインの宣教師。

「玲瓏（れいろう）」玉のように美しく輝くさま。

メタリック塗装まぶしき小部屋にてせんべい汁の話などする（語幹）

小佐野　彈
『メタリック』

透

海底にねむりしひとの**とうめいな**こえかさなりて海のかさ増す（連体）

鳥　居
『キリンの子』

すくってもすくってもなお**透明な**海浸したる両の掌（連体）

大野　道夫
『冬ビア・ドロローサ』

暗

川むかうのマンション**暗し**ベランダに莨火ひとつともるしばらく（終止）

真中　朋久
『cineres』

「メタリック」ここは「メタリック塗装」という塗装法の一種を示す複合語。

「莨」煙草。

口中に一粒の葡萄を潰したりすなはちわが目
ふと**暗き**かも（連体）
葛原 妙子『葡萄木立』

羽根たたむ幾千の鳥の羽根のした神々の野の
昏き怒りぞ（連体）
前 登志夫『子午線の繭』

昨夜降りし雪に磨きあげられて**冥**《くら》**し**と見ゆる
までに青空（終止）
山中もとひ『生きてこの世の木下《こした》にあそぶ』

昧きより百の病巣に雪ふりていのりにはひる
千の屋根みゆ（連体）
浜田 到『架橋』

瞬きは認識の剣　この目には**朦い瞎い瞑い**世
界が（連体・連体・連体）
中島 裕介『memorabiria/drift』

木立みな青葉となれり山吹の八重咲く花の**を**
ぐらきに照る（連体）
窪田 空穂『鏡葉』

うすぐらいL号棟の階段をのぼりつめたら雨
のにほひだ（連体）

黒沢 忍
『遠《えん》』

異国《とつくに》のひと**ほのぐらく**なつかしくひらめく錫
のちりれんげかも（連用）

橘 夏生
『セルロイドの夜』

状態

高低

負け組はますます負ける　遊歩道の端に**うず**
たかく雪かきの雪（連用）

中沢　直人
『極圏の光』

背の**高き**恋人として夏けやき影ふかく撓う俺
を思えと（連体）

梅内美華子
『若月祭』

秋の空澄みて**高き**に理が三つ乾燥、空気層・雲
の位地（連体）

川田　章人
『現代宇宙論』

目に見えぬ水面が空にあるゆゑに秋津は**等し**
き高さに群るる（連体）

柴田　典昭
『野守の鏡』

かわきつつ君がためいきするときにまなじり
ひくき埴輪の顔す（連体）

生方たつゑ
『白い風の中で』

広大

太陽はまつ直ぐとどき月光は**あまねく**照りて小麦色づく（連用）　大塚陽子『酔芙蓉』

漠《すなはら》のち吠ゆる蠍**おぎろなき**天に在りせば方位も染める（連体）　有賀眞澄『桜蘭の砂』

水道工はたまた忍者かみちのくの山ゆく芭蕉の肩幅**広し**（終止）　古谷智子『デルタ・シティー』

ひろらかに宙を支える六本の腕あり胸に手を組み祈る（連用）　荻本清子『冬蝶記』

新聞社に伝書鳩飼ひてゐしころの**渺々と**あをき空をおもへり（連用）　桑原正紀『秋夜吟』

「おぎろなし（賾なし）」広大である。果てしなく奥深い。

「渺々（びょうびょう）」果てしなく広いさま。遠くはるかなさま。

縹渺と風に圧されて飛ぶ鳶を夜明けの寒き空
に見たりき（連用）

大辻　隆弘
『樟の窓』

茫々としたるおもひに踏みて来ぬ油の虹の間《ま》
なきぬかるみ（連用）

田谷　鋭
『乳鏡』

茫々たる瓦礫の原にひとり立つ老いは呟く
「何とかなるさ」（連体）

香山　静子
『銀の蒼』

楽音のちぎれゆくさま**茫々と**なすこともなき
春の方舟（連用）

井辻　朱美
『地球追放』

繊細

五階の窓**ほそく**開くればカーテンのいやいや
をするやうに揺れたり（連用）

田口　綾子
『うたわない女はいない』

「縹渺（ひょうびょう）」広くはてしないさま。

「茫々」広々としてはるかなさま。

断食月《ラマダン》を告げゐる**織き**月あふぎ絶対神なきわれら寒しも（連体）

大塚 寅彦『ガウディの月』

遠隔

国のまはりは荒浪の海と思ふとき**果てしなく**とほき春鳥のこゑ（連用）

前川佐美雄『植物祭』

利き腕を肩より高く引き上げて**遥かなる**かなもの打つ形（連体）

山中もとひ『生きてこの世の木下《こした》にあそぶ』

はるかなる岩のはざまにひとりゐて人目思はでもの思はばや（連体）

西 行『新古今和歌集』

戦争を抽象として知る声ら**はるかに**異教のあくなき憎しみ（連用）

近藤 芳美『黒豹』

浜際に妻と腰掛けうたう歌**はるかな**日々を潮騒は呼ぶ（連体）
栗明　純生
『はるかな日々』

逢ふことは雲居**はるかに**なる神の音に聞きつつ恋ひわたるかな（連用）
紀　貫之
『古今和歌集』

海綿の奥より海は匂いきぬ**遥かなる**かな我がトリエステ（連体）
奥田　亡羊
『花』

極楽は十万億土と**はるかなり**とても行かれぬわらじ一足（終止）
一　休
「辞世」

暗きより暗き道にぞ入りぬべき**はるかに**照らせ山の端の月（連用）
和泉式部
『拾遺和歌集』

ジオラマの馬の疾走八階よりみれば必死といふも**はるけし**（終止）
古谷　智子
『デルタ・シティー』

「トリエステ」イタリア共和国北東部にある都市。

遙けくもわたりてきたる海猫がミウミウと鳴く真夏の昼を（連用）

川田由布子『水の月』

おとうとの死もて**はろけき**みんなみの海よかがやく標的《まと》となるべし（連体）

佐藤よしみ『海かがやけば』

「はろけし」はるけしの音変化。

シルレア紀の地層は**杳《とほ》き**そのかみを海の蠍《さそり》の我も棲みけむ（連体）

明石　海人『白描』

「シルレア紀」地球の地質時代の一つで、古生代に属し、約4億年以前の時代。シルル紀ともいう。

ひまはりのアンダルシアは**とほけれ**ど**とほけれ**どアンダルシアのひまはり（已然・已然）

永井　陽子『モーツァルトの電話帳』

遠い遠い宮古まで来て語らむに福島人《ふくしまびと》の言《こと》の穏しさ（連体・連体）

佐藤　通雅『連灯』

「穏（おだ）しさ」安らかで落ち着いている様。

大江山いく野の道の**遠けれ**ばまだふみも見ず天の橋立（已然）

小式部内侍『金葉和歌集』

（百人一首）

啼き声が**とほく**聞こゆる晩秋の丹沢おろし寄するまにまに（連用）

山田　吉郎
「ぷりずむ」

ひとひらのレモンをきみは　**とおい**昼の花火のようにまわしていたが（連体）

永田　和宏
『メビウスの地平』

ツチヤクンクウフクと鳴きし山鳩はこぞのこと今はこゑ**遠し**（終止）

土屋　文明
『山下水』

雲ふたつ合はむとしてはまた**遠く**分れて消えぬ春の青ぞら（連用）

若山　牧水
『海の聲』

夜おそく風呂のけむりの香をかぎて世にも**遠かる**思ひぞわがする（連体）

斎藤　茂吉
『あらたま』

とおいとおい海辺の町を思うとき睫毛がすこし伸びた気がする（連体・連体）

北辻　一展
『無限遠点』

間近

鴨川に別れを告げる日の近し夏秋冬春みたびめぐりて（終止）

服部　崇『新しい生活様式』

鎌倉の県立近代美術館六十五年を閉づる日近し（終止）

三枝むつみ『ひかりの作法』

深浅

踏切に列車過ぎるを見ておれば枕木はふかく耐えているなり（連用）

松村　正直『午前3時を過ぎて』

月冴えてほむらだちくるあぢさゐの花むらふかく入りて眠らむ（連用）

岡野　弘彦『冬の家族』

夜いまだ**浅き**舗道のむかうより埃《ほこり》をあげて
風の来る見ゆ（連体）

佐藤佐太郎
『歩道』

椅子に深く、この世に**浅く**腰かける　何かこ
ぼれる感じがあって（連用）

笹川　諒
『水の聖歌隊』

早／速

ベコニヤの花の眠ると君が来ます夕べのくる
といずれか**早き**（連体）

柳原　白蓮
『踏繪』

昨日といひ今日と暮らしてあすか川流れて**早**
き月日なりけり（連体）

春道　列樹
『古今和歌集』

瀬を**はや**み岩にせかるる滝川のわれても末に
逢はむとぞ思ふ（語幹）

崇徳院
『詞花和歌集』

「ベコニヤ」シュウカイドウ科（ベゴニア属、学名 Begonia）に属する植物の総称。主に花を鑑賞。

（百人一首）

狂ひの子われに焔の翅《はね》かろき百三十里**あわた**
だしの旅（語幹）
与謝野晶子
『みだれ髪』

うす紅に葉は**いちはやく**萌えいでて咲かむと
すなり山ざくら花（連用）
若山　牧水
『山櫻の歌』

いちはやく角ぐむ葦にやわらかき光りの満ち
て春はまたくる（連用）
小沼　青心
『野鳥時計』

ぐいぐい迫って**すばやい**短直突《ショート》だ。ボビイの
顔がぢぐざぐになる（連体）
前田　夕暮
『青樫は歌ふ』

まつ毛からま、そんなこったろう顔に**すばや**
く着替え歩きはじめる（連用）
斉藤　斎藤
『渡辺のわたし』

一瞬に引きちぎられしわがシャツを警官は**素**
早く後方に捨つ（連用）
清原日出夫
『流氷の季』

「百三十里」一里は約4キロしたがって約520キロ。ちなみに東京大阪間は500キロ。

「顔がぢぐざぐに」パンチを打たれ傷だらけになり、腫れてゆがんだ顔の表現。昭和初年に来日したアメリカのプロボクサー・ボビイと野口進が、日比谷公会堂で対戦した。

たえまなく働くツバメの翔け抜ける第一厩舎
あるいは第二（連用）

三井　ゆき　『水平線』

抑揚のなきこゑごゑのあふれつつ**手つ取り早**
き救ひをもとむ（連体）

久我田鶴子　『ものがたりせよ』

迅《と》くゆるく回れる風車の中の一基、やや傾ぐ
ときキラリと光る（連用）

日野　正美　『小径Ⅵ』

現在の実感なればビル風の**突発的な**風圧も
嬉々（連体）

藤原龍一郎　『花束で殴る』

なぜここにいるのかという問いかけに**ふいに**
答えてくれそうな空（連用）

吉村実紀恵　『異邦人』

呆っ気なき幼児ひとりの死ののちに夥しき実
のような贅たち（連体）

平井　弘　『前線』

「迅く」速力が早い。迅速である。

緩

蝸牛いと**ゆるやかに**寄りあへり金星つよく光る草地に（連用）

山田富士郎 『アビー・ロードを夢みて』

ゆるやかに櫂を木陰によせてゆく明日は逢えない日々のはじまり（連用）

加藤 治郎 『環状線のモンスター』

遅

遅かりし桜はなだるるごとくして眩暈《めまひ》をのこし終りゆきたり（連用）

森山 晴美 『わが毒』

レフェリーのテンカウントの**遅き**こと歯がゆさ昂じオットマン蹴る（連体）

栗明 純生 『はるかな日々』

「オットマン」椅子やソファの前に置いて使う足乗せ用ソファ。

帰りおそき夫を待ちて庭に立つ吾のめぐりに満つる花の香（連体）

石井　桂子
『石井桂子遺歌集』

軽重

木のかげの空にうつりてゆれてゐるかるいくちづけなりしをいづこ（連体）

渡辺　松男
『牧野植物園』

そうじゃない　二度と会わない人にこそ「じゃあまたね」って軽く言うんだ（連用）

枡野　浩一
出典は下記

ほろほろとほどけて下山の膝軽し釣舟草の朱《あけ》をゆらして（終止）

古谷　智子
『デルタ・シティー』

卵入り納豆ごはんかき込めば箸はかなしく軽やかに鳴る（連用）

濱松　哲朗
『翅ある人の音楽』

『毎日のように手紙は来るけれどあなた以外の人からである　枡野浩一全短歌集』

ふいに雨止むとき傘は**軽やかな**風とわたしの容れものとなる（連体）

鳥居『キリンの子』

やや**重い**カバンを提げて一頭のラクダのように今ここにいる（連体）

坪内稔典『雲の寄る日』

重きドア閉めるたまゆら夏空は方形なして部屋に残れり（連体）

関谷啓子『最後の夏』

この妻にその子供らに吾が負へる罪代《つみしろ》**おもし**背の曲がるまで（終止）

川田順『東帰』

すういとぴいの花のちひさきふくらみや束《たば》ねて**重き**量感《りやうかん》となる（連体）

岡本かの子『歌日記』

おとうとよ忘るるなかれ天翔ける鳥たち**おもき**内臓もつを（連体）

伊藤一彦『瞑鳥記』

雨に濡れ旗も揺れない**重い**空に大山のホーム
ラン消えゆく（連体）

池松　舞
出典は下記

花や藁乾きてゆける陽の下に血の壺のやうに
重たきわれは（連体）

河野　裕子
『桜森』

多寡

桜ばないのち**一ぱいに**咲《さ》くからに生命《いのち》をかけ
てわが眺めたり（連用）

岡本かの子
『浴身』

こころざし窶るると思うさびしさに薄暮の川
の**まんまんと**ゆく（連用）

馬場あき子
『桜花伝承』

らんまんと桜さきたり君が子の母なることも
何か寂しき（連用）

茅野　雅子
『恋衣』

『野球短歌　さっきまで世界が全滅したことを私はぜんぜん知らなかった』

「窶（やつ）る」①目立たなくなる。粗末になる。②衰える。

おうせいな食欲を見るここちよさメダカが餌をいっせいに食う（連体）　小谷　博泰『河口域の精霊たち』

サンドイッチマンといへども**旺《さかん》なる**意欲なくしてつとまらざらむ（連体）　石黒　清介『人間の小屋以前』

限りなき花の群落を膝にわけ野の涯に立つ虹に近づく（連体）　森山　晴美『わが毒』

かぎりなく不安な微笑に充ちてゆく夕ぐれとなり飛びかう桜（連用）　花山多佳子『樹の下の椅子』

かぎりなく続く芥を繋ぎつつ重油は鉄のごとく臭えり（連用）　清原日出夫『流氷の季』

情緒過多嫌はれながらシク活用形容詞とはふるい絵日傘？（語幹）　黒木三千代『草の譜』

貧《まづ》しさを口《くち》にさけびて働かぬ村人《むらびと》**多く**なりに
けるかも（連用）

結城哀草果
『すだま』

死語あまりにも**多く**してもう二度と歩かぬ街
の小雨を歩く（連用）

黒瀬　珂瀾
『ひかりの針がうたふ』

推しアイドルの写真とゲラに埋もれてる机の
主は残業**多し**（終止）

飯田　有子
『うたわない女はいない』

二つ星天道虫をゆらしゐる**多**《さわ》の矢車草《やぐるま》あなた
が遺せし（語幹）

前田えみ子
『蓑虫家族』

たつぷりと真水を抱きてしづもれる昏き器を
近江と言へり（連用）

河野　裕子
『桜森』

カニの身のじつに**多彩な**食い方を万葉集の長
歌に読みぬ（連体）

奥村　晃作
『象の眼』

そののちが**豊潤で**あるか数年の時空をともにせし者の影（連用）

渡部　洋児
『ハガル＝サラ・コンプレックス』

私たち類とこころを**存分に**煽られて見る火祭りの火を（連用）

齋藤　芳生
『花の渦』

ことごとく赤松の皮むかれあり**霏霏とし**霙降りくる山路（連用）

佐藤　通雅
『薄明の谷』

馬は睡りて亡命希ふことなきか夏さりわがたましひ**滂沱たり**（終止）

塚本　邦雄
『緑色研究』

哀しくも性悪説は真ならむ　被災地泥棒**ひんぴんとせば**（連用）

松木　鷹志
『蘇れ、木群』

もういいよ、と誰か言ふまで**せつせつと**波は寄せ来る誰も言ふなし（連用）

川野　里子
『ウォーターリリー』

「滂沱（ぼうだ）」①雨の降りしきるさま。②涙がとめどなく流れ出るさま。③汗・水等が激しく流れ落ちるさま。

世の中はなにか**常なる**あすか川昨日の淵ぞ今日は瀬になる（連体）

詠み人知らず 『古今和歌集』

どの唇《くち》もいずれ**ひとしき**樹の皮と知れどしんそこ吸いたきひとり（連体）

佐伯　裕子 『未完の手紙』

待宵草のしをれるやうに泣けば済む日がありきわれにきみに**等しく**（連用）

栗原　寛 『鏡の私小説』

よるべなき吾が心をばあざむきて今日もさながら暮しけるはや（連体）

柳原　白蓮 『踏繪』

傘を打つ雨の**まばらに**なりしころたどり着きたるともらいの家（連用）

武藤　敏春 『鶲鳴く』

風花すら舞うも**稀なる**産土に在りて北陸の豪雪を知る（連体）

鈴木　利一 『再生の季』

「よるべなき」たよりとするところがない。

「産土（うぶすな）」その人が生まれた土地。

しみじみと手をあらふこともまれにして青年の手とはやもことなる（連用）　上田三四二『雉』

吊し乾すヤリイカに乏しき漁を思ふ幾浜かありて南にくだる（連体）　吉田正俊『朝の霧』

睡眠のとぼしかる眼を凝らすときわが初夏すでに死者ばかりなる（連体）　小中英之『わがからんどりえ』

いちにちにひとつの窓を嵌めてゆく　生をとぼしき労働として（連体）　内山晶太『窓、その他』

わがこころまずしかるべしコロンバンのチョコレートや春やにおやかなれど（連体）　村木道彦『天唇』

選挙船に乗る選挙人眺めたり貧しき面の幽霊として（連体）　三宅勇介『える』

要するに蚊柱理論ティッシュペーパーなくな
りうろうろしきりに**貧し**（終止）

早崎ふき子
『触覚的な風景』

雪の粒子さへちぢまるうへを滑りきて**まづし**
き春の日のなかの塵（連体）

生方たつゑ
『白い風の中で』

したたれる水道の栓を締めにたつ**貧しき**過去
よ貧しきいまよ（連体）

上田三四二
『雉』

鋤跡の**わずかに**残る冬の田をパンタグラフの
影わたりゆく（連用）

鯨井可菜子
『アップライト』

当事者にしてもらえない　**からっぽな**バス停
車場になにを見ている（連体）

中島　裕介
『memorabiria/drift』

あえかなるひかりあつめて湯に泛ぶみどりご
永遠につばさある毬（連体）

小池　光
『バルサの翼』

それは**あえかな**いらえであってひと筋の煙の内に瞬のまたたき（連体）
大久保春乃『まばたきのあわい』

宿主の**すっからかんに**ぶら下がる計算尽くしの寄生木の旬（連用）
小沼　青心『野鳥時計』

ささやかな焚き火へ木屑足すように色鉛筆の香を削りおり（連体）
鈴木加成太『うすがみの銀河』

さくらさくらさくらちる日はししむらをはしる血潮も**はつか**狂へる（語幹）
日高　堯子『空目の秋』

八畳の和室にふたつ間隔を**微妙に**あけおく夫婦の寝床（連用）
久々湊盈子『非在の星』

あの夏のなんでも**ない**日、僕たちはなんにも**なく**てなんでもできた（連体・連用）
柾木遙一郎『炭化結晶』

「はつか（僅か）」物事の一端がちらりと現れるさま。かすか。ほのか。

見わたせば花も紅葉も**なかり**けり浦の苫屋の
秋の夕暮（連用）
藤原　定家
『新古今和歌集』

寂しさはその色としも**なかり**けり槇立つ山の
秋の夕暮（連用）
寂　蓮
『新古今和歌集』

極楽も地獄もさきは有明の月の心にかかる雲
なし（終止）
上杉　謙信
「辞世」

要否

空腹が洋服を着てゆくごとき**よんどころなき**
春のゆふぐれ（連体）
小池　光
『山鳩集』

長き雨われも想いをとじこめてほわいとあす
ぱら**無駄に**やわらか（連用）
中川佐和子
『霧笛橋』

「槇」スキやヒノキなど常緑の針葉樹のこと。

濃淡

ゆづり葉にゆづり葉の影濃きまひる郵便受けにことり音する（連体）
和田沙都子『月と水差し』

ぬばたまの黒酢《ず》醋豚を切り分けて闇さらに濃く一家團欒（連用）
堀田季何『惑亂』

サングラスの分だけ色の濃さを増す海に来てをり緑濃き海（連体）
佐藤モニカ『白亜紀の風』

性差別にがくうべなひ変革を願ふ友なり濃く眉をひく（連用）
入江曜子『青く透けゆく』

黄金の濃ゆき光を満たしたる窓辺の棚の蜜蜂の壜（連体）
三井修『海抱石』

降るまへの雨の香**濃ゆし**武蔵野をおほふ樹木のつばさふくらむ（終止）
小島ゆかり
『雪麻呂』

唯夜の二人の時を待つ如く過ぎ行く日さへ**淡あはと**して（連用）
近藤　芳美
『埃吹く街』

食欲もその他の欲も**淡々し**迷ひし末の小籠包子（終止）
雁部　貞夫
『鮎』

はつ恋は夢のやうにて新聞に西瓜の**淡き**匂ひののこる（連体）
渡辺　松男
『牧野植物園』

学友のかたれる恋はみな**淡し**遠く春雷の鳴る空のした（終止）
春日井　建
『未青年』

うらうらと老いてゆくべし桃咲きて掌《て》によみがへる**うすき**血のいろ（連体）
米口　實
『ソシュールの春』

鳥の絵の**うすい**スカートふくらませ自転車をこぐツツジ咲く道（連体）
山本 夏子
『空を鳴らして』

うすき色重ねて花の色**うすく**重ねて春の思ひの深さ（連体・連用）
福田 榮一
『みなづきふづき』

水鉄砲持ちゐし頃に出逢ひたる**うすき**翅ある人のまぼろし（連体）
濱松 哲朗
『翅ある人の音楽』

白い手紙がとどいて明日は春となる**うすい**がらすも磨いて待たう（連体）
齋藤 史
『魚歌』

凄

まなかいの水平にぱっと立葵**こんげんてきな**まっかな夢世《ゆめよ》（連体）
藤田 武
「雁」

「こんげんてき」根源的。

二十五分のためいきのあと**壮絶に**君の落とし
た卵が割れる（連用）

二方　久文
『みめいしず』

激烈な暑さにみな皆蒸発し気化してゆくよ我
の怒りも（連体）

篠原　節子
『コラールの風』

まんまるの入道雲のボクサーに**きつい**パンチ
を一発もらう（連体）

山田　航
『寂しさでしか殺せない最強のうさぎ』

尾上《をのへ》には、**いたく**も虎の、吼ゆるかな。夕は風
に、ならむとすらむ。（連用）

与謝野鉄幹
『東西南北』

犬はいつもはつらつとしてよろこびにからだ
ふるはす**凄き**生きもの（連体）

奥村　晃作
『鴇色の足』

太秦の深き林を響きくる風の音**すごき**秋の夕
暮れ（連体）

小沢　蘆庵
『六帖詠草』

「尾上」山の頂。
「いたく（甚く）」立派なさま。

ひらがなは**凄《すさま》じき**かなはははははははははははは母死んだ（連体）　仙波龍英『墓地裏の花屋』

大通り埋め尽くした人の群れ灯の無く表情見えず**凄まじ**（終止）　三枝むつみ『ひかりの作法』

すさまじき大雪の野良や賽《さい》の神の祠《ほこら》も白く埋《う》めつくしたる（連体）　木俣修『高志』

すさまじく芽立つ玉葱も馬鈴薯もくらひつくして十二月尽（連用）　石川不二子『牧歌』

旅の果て**革命的に**生きたいとバランス保ち白鳥はなにくわぬ顔（連用）　光本恵子『蝶になった母』

殊更に黒き花などかざしけるわが十六の涙の日記（連用）　柳原白蓮『踏繪』

藁のごと疲れて乾きしわが膝も**こよなき**もの
と子らは寄り来る（連体）
河野　裕子
『桜森』

冷え**著《し》るき**夜の病室に炭爆ずる音なつかしく
学問を恋ふ（連体）
橋本　喜典
『冬の旅』

昼さめて**どぎつき**寒《かん》の青さなる窓よぎりしも
黄の蝶ならず（連体）
坪野　哲久
『櫻』

激

モーレツな風とは何か小川ローザのミニス
カートをめくる強さか（連体）
室井　忠雄
『起き上がり小法師』

六月は断崖となる梢より**はげしく**落ちぬそら
いろの卵（連用）
米川千嘉子
『たましひに着る服なくて』

うかりける人を初瀬《はつせ》の山おろし**はげしかれ**と
は祈らぬものを（命令）

源 俊頼
『千載和歌集』
（百人一首）

夏空を飛ぶ雲の群**激しけれ**ど目には淋しき急
ぎと見ゆる（已然）

佐佐木幸綱
『火を運ぶ』

むらがりて昼の街ゆく学生にたまゆら**はげし
き**嫌《けん》悪《を》を感ず（連体）

五味 保義
『清峡』

酷

社畜という言葉嫌いて出て来たる講演会場**容
赦なき**雨（連体）

竹村 公作
『制御不能となりてゆきおり』

わが影のひとひらふつとちぎれたり黒揚羽ひ
と**つめちやくちやに**飛ぶ（連用）

川野 里子
『ウォーターリリー』

勝山のすだ椎嫩葉**ゆゆしけれ**巍巍堂堂とわれ
に對ひて（已然）

原田　禹雄　『金陵邊』

沛然とフィレンツェに雨降っていたフィレン
ツェにまだ行ったことない（連用）

佐藤　弓生　『薄い街』

一夜**沛然たる**雨のなかゆっくりタイヤの空気
がぬけていく夢（連体）

沖　ななも　『衣装哲学』

食卓に挿されてありしトラノオの朝は**無残に**
花こぼしゐつ（連用）

城　俊行　『白の伝説』

微

戦争《いくさ》なき国の静けさ秋草の影は**かすかに**そよ
ぎゐるなり（連用）

村瀬　伊織　『菜園より』

「すだ椎（じい）」ブナ科の常緑広葉樹。「嫩葉（どんよう）」新芽の葉。若く柔らかな葉。「巍巍堂堂（ぎぎどうどう）」姿が堂々としていていかめしく立派なさま。

「トラノオ」キジカクシ科ドラセナ属の観葉植物。サンスベリアとも。

大いなる「無」の見る**かすかなる**夢の我の一生
か思えば安し（連体）
高安 国世
『光の春』

足は人をまっすぐ運ぶ振り向けば道は**かすか**
に曲がっていたり（連用）
髙橋みずほ
『髙橋みずほ集』

かすかなる白き花つけし植物を比叡山に遊び
し母持ち帰る（連体）
安立スハル
『この梅生ずべし』

降誕祭の鐘鳴る空は青曇り**かすけき**幸《さち》は胸に
きざすか（連体）
大野 誠夫
『薔薇祭』

この沢にふたたび螢生《あ》るるころ愛しあう**かそ**
かな生もあるべし（連体）
加藤 英彦
『プレシピス』

子規庵に鶏頭の種子もらひたり振れば**かそけ**
く袋に音す（連用）
結城千賀子
『雨を聴く』

「降誕祭」①聖人や偉人などの誕生日を祝う祭典。②キリストの誕生を祝う祭典。クリスマス。

ふきわたりゆくものありて花むらにまひるか
そけきそよめきはたつ（連体）

坂野　信彦
『かつて地球に』

わが屋戸のいささ群竹吹く風の音の**かそけき**
この夕べかも（連体）

大伴　家持
『万葉集』

桔梗も蜻蛉も生きる**かそやかに**地球の隅の夏
のおわりを（連用）

佐波　洋子
『種子のまつぶさ』

仄

三つ編みは昏き蔓草　昼を編み**ほのかに**垂れ
る夜のうちがわ（連用）

山下　泉
『光の引用』

クリオネは氷の下に**ほのかなる**命を点す　わ
たしはここです（連体）

杉﨑　恒夫
『パン屋のパンセ』

「クリオネ」ハダカカメガイ（裸亀貝）。体は透明な部分が多く〈氷の妖精〉と呼ばれる。

ほのかなる仕合《しあは》せごとも思ひけり耳鳴のしてさみしき夜半《よは》に（連体）

柴生田　稔
『入野』

わが五体投ぐるをつつみ雪は香の**ほのかに**たちてやはらかき花（連用）

恩田　英明
『葭莩歌集』

Kimi omou kokoro ni niru ka,—/Haruno hi no /Tasogaredoki no **honokeki** akarusa!（連体）

TOKI AIKUWA
『NAKIWARAI』

靉靆と花の雲あり目瞑れば年々の花見ゆる齢ぞ（連用）

蒔田さくら子
『鱗翅目』

清

東路のさやの中山**さやかに**も見えぬ雲居に世をや尽くさん（連用）

壬生　忠岑
『新古今和歌集』

「TOKI AIKUWA」土岐善麿に同じ。

「靉靆（あいたい）」雲や霞などがたなびいているさま。

秋来ぬと目には**さやかに**見えねども風の音に
ぞおどろかれぬる（連用）

藤原　敏行
『古今和歌集』

さやかなる朝にひびく雉の声つと緑啄木鳥の
木つつく音かな（連体）

高野　昌明
『まはからびんか』

小紫式部の実あり葉の腋のひとつぶごとの**さ**
やけきひかり（連体）

國清　辰也
『愛州』

剣太刀《つるぎたち》いよよ研《と》ぐべし　古《いにしへ》ゆ**清《さや》けく**負ひて来
にしその名ぞ（連用）

大伴　家持
『万葉集』

確実

つばらかに見てすぐるときすこやけき竹節ゆ
がみ病みてゐる竹（連用）

稲葉　京子
『柊の門』

「小紫式部」山麓や原野の湿地に稀に自生する落葉低木。小さな淡紫の集合花で、枝いっぱいに実が付く。

「つばらかに」十分に。つまびらかに。

完璧な白シャツを着て虹の日のあなたの猫にお触りなさい（連体）

堂園　昌彦
『やがて秋茄子へと到る』

音たかく夜空に花火うち開きわれは**隈なく**奪はれてゐる（連用）

中城ふみ子
『乳房喪失』

膝立てて横たわる女体の列島に**くまなく**電気の血がながれたり（連用）

糸川　雅子
『ひかりの伽藍』

あらはなる秋の光に茎のびて曼殊沙華《まんじゅしゃげ》さくただひとつにて（連体）

佐藤佐太郎
『歩道』

蚊の刺した跡も**あらわな**太腿がちらりと見えて駅の階段（連体）

小谷　博泰
『時をとぶ町』

あらはなる夕光越ゆる卓の上朱色のペンの乾きやすくて（連体）

小野　茂樹
『羊雲離散』

けものなるおのれを**またく**遂ぐるごと風響《な》れ
ば乱れ森を発つ鳥（連用）

成瀬　有
『流されスワン』

カンバスに写されてゆく洋梨と**全き**フォルム
持つかなしみと（連体）

松野　志保
『われらの狩りの掟』

複写機の感光いまや**精緻なり**実物大の人体も
焼く（終止）

川田　茂
『粒子と地球』

不確

図書室に冷水機**にぶく**ひかりをり　かがみこ
む人を獣に変へて（連用）

川野　芽生
『Lilith』

雨傘を**ゆるく**つかんだ指先につたわる雫　ひ
とまずは欝（連用）

二方　久文
『みめいしす』

水草にくるぶしを**ゆるく**つかまれて人生という金色の午後（連用）

金川　宏
『アステリズム』

恋のはじめを**うやむやに**して仲のいいふたりのままで海を見に行く（連用）

山下　翔
『温泉』

あやふやな渚《なぎさ》を見せよふらくたる理論の前の現実として（連体）

武藤ゆかり
『とこはるの記』

雷裂ける刹那**さうらうたり**し明日香　夜をあをざめてそばだつを見き（連用）

成瀬　有
『流されスワン』

複雑

代名詞多きは**ややこしまどろつこし**省きてすらり流るるやうに（終止・終止）

春日いづみ
『地球見』

「さうらう（滄浪）」あおあおとした浪。

親睦

わがひとり堪《こら》ふるによりて君が**心安し**と言はば命もて堪へむ（終止）

三ヶ島葭子
『三ヶ島葭子全歌集』

秋がくれば　秋のネクタイをさがすなり朽葉のいろの胸に**したしく**（連用）

土岐　善麿
『むさし野十方抄』

三千年歌ひ継がれし詩編なれ神への恨みも妬みも**親し**（終止）

春日いづみ
『地球見』

一皿の料理に添へて水といふもつとも**親しき**飲みものを置く（連体）

安立スハル
「現代の短歌」

悪食《あくじき》の烏といえど夫婦にてゴミ集積場に日々**むつまじき**（連体）

久々湊盈子
『射干』

コラム 1

語幹の特殊用法

形容詞や形容動詞の語幹には次のような特徴的な用法があります。

○原因・理由

「名詞」＋「を」＋「形容詞の語幹」＋「み」で、「(名詞)が～なので」という意味になります。

瀬を早み岩にせかるる滝川のわれても末にあはむとぞ思ふ　　崇徳院

この例では「瀬を早み」は「川の瀬が早いので」という意味になります。

○感動

「あな」＋「形容詞の語幹」で「ああ～だなあ」、「なことよ」という感動を表わします。

あな醜賢《みにくさか》しらをすと酒のまぬ人をよく見れば猿にかも似る　　大伴旅人

この例では「ああ醜いなあ」と先ず述べ、その心を「賢しら＝賢者ぶること」をするとして……と続けてゆきます。

○連体修飾

「形容動詞の語幹」+「の」+「名詞」で、「〜な（名詞）」という意味となり、連体修飾になります。本書ではこの使用例は、特に短歌的な効果の高い作品に絞っています。例を引きます。

死の側より照明《てら》せばことにかがやきてひたくれなゐの生ならずやも　齋藤　史

「ひたくれなゐ」+「の」+「生」で、「真紅の生命」という意味になります。連体形を使って「ひたくれなゐなる生」でも表現できますが、較べてみると、例歌の表現の方が、印象も強められ、それ以上に声調においても歴然とすぐれていることが判ります。

もうひとつ。

いきつぎをすることもなく越えてゆけただ直青《ひたさお》の風の国境　井辻　朱美

同じ構造です。「ひた青《あお》」は形容動詞として辞書に載っていますが、「ひた青《さお》」は見当たりません。一方、「日本国語大辞典」は接頭辞「ひた」の用例として「ひたさお」を挙げています。作者が高い声調を求めて工夫を凝らしているのです。

性質

大

化け猫も空飛ぶ猫もフレンドに**大き**槙《まき》の木ま
ことさみどり（連体）

藤田　武
「雁」

いつの間にか少し**大きく**なっているテレビの
音をまた低くする（連用）

吉田　惠子
『透明な刻』

今日は今日また明日も今日わが船は**巨き**《おほき》フェ
リーの水脈に揺られつ（連体）

黒瀬　珂瀾
『ひかりの針がうたふ』

人の呻吟どこにのみ込むマンモスの病院**巨大**
な胃の腑を持てり（連体）

秋山　律子
『河を渡って木立の中へ』

学校を定刻に出て喫茶店にゆく　ああなんて
壮大な計画（連体）

福士　りか
『サント・ネージュ』

小

よせがきにきみが**小さく**描いてくれた舌のくるくるしたカメレオン（連用）　橋爪　志保『地上絵』

洗うたび**小さく**なってゆく顔と思う今年の終い湯にいて（連用）　丸山三枝子『街路』

ブルーシートの屋根の向うの夕焼けの海に**ちひさき**富士山が立つ（連体）　小林　幸子『日暈』

禁といふ字を**ちひさき**石に彫り篆刻教室ゆふぐれに閉づ（連体）　山科　真白『さらさらと永久《とは》』

十年をオークの樽に沈みいしライ麦の**小さき**呟きを飲む（連体）　永田　淳『光の鱗』

「篆刻（てんこく）」木、石などの印材に文字を彫ること。

「オーク」カシ、ナラなどブナ科の木の総称。建築材、樽材として用いられる。

細細《こまごま》しわがなりはひの道具らに光は及ぶ一瞬
にして（終止）

小池　光
『バルサの翼』

君の眼に見られいるとき私《わたくし》は**こまかき**水の
粒子に還る（連体）

安藤　美保
『水の粒子』

結局はわが胸奥の**微小なる**棘の一つの痛みの
重さ（連体）

武田　素晴
『風に向く』

声に出して鳴けない犬の哀しみは**つぶらつぶ**
らの花水木の実（語幹）

今井　千草
『黒砂糖』

纖き纖き金の鎖を首に巻き覇者などをらぬ街
をゆくなり（連体・連体）

結城　文
『富士見』

おんなというほのかな業《わざ》も世にありて　**ほそ**
やかな肩を夏陽に曝す（連体）

豊岡裕一郎
『猫とネコぎらい』

「花水木」水木科、花は白とピンク。秋に赤い実をつける。

夜を晩く帰りきたれば瓶の菖蒲影の**かぼそし**
眠れるならむ（終止）
来嶋 靖生
『月』

極私的かなしみのため泣きはせぬぞ日傘の影
を移動させつつ（語幹）
鶴田 伊津
『夜のボート』

長短

根無し草とはどのやうな草東京に**ながく**住め
どもなじめず今も（連用）
林田 恒浩
『風の挽歌』

この人のはなしはいつも**長く**なり切り上げ時
と腕時計見る（連用）
浜田 康敬
『「濱」だ』

さても伍十。頭《ヅ》を飾るべき緊箍咒《キンコジュ》をとかれて
よりの夕ぐれ**永し**（終止）
清水 亞彦
『舟』

「緊箍咒」孫悟空の頭の輪を締め付ける呪文。三蔵法師が孫悟空を懲らしめるためのもの。

一日《いちにち》が**永かり**しかなと夜《よる》更けてありのままな
る嘆《なげき》をぞする（連用）

佐藤佐太郎

『歩道』

長い昼だった　椅子をかたむけて窓から藤の
花を見ている（連体）

服部真里子

『遠くの敵や硝子を』

髪**ながき**少女とうまれしろ百合に額《ぬか》は伏せつ
つ君をこそ思へ（連体）

山川登美子

『恋衣』

ながからむ心もしらず黒髪のみだれて今朝は
ものをこそ思へ（未然）

待賢門院堀河

『千載和歌集』

渡月橋を日暮れに渡る白き波もみぢほの見え
長き橋なり（連体）

足立　晶子

『はれひめ』

久しくもありて何する羅漢たち松は風とあそ
び声のたのしき（連用）

窪田　空穂

『鳥声集』

（百人一首）

「渡月橋」京都嵐山の大堰川にかかる橋。

詩人の首われの机上に飾られて**久し**　われらの倦怠《けたい》も**久し**（終止・終止）
岡井 隆 『土地よ、痛みを負え』

難波潟**みじかき**蘆のふしのまも逢はでこの世をすぐしてよとや（連体）
伊 勢 『新古今和歌集』（百人一首）

草づたふ朝の螢よ**みじかかる**われのいのちを死なしむなゆめ（連体）
斎藤 茂吉 『あらたま』

夜のプールをすすむクロール、男には一生はつね**短かかる**べし（連体）
佐佐木幸綱 『火を運ぶ』

瓶《かめ》にさす藤の花ぶさ**みじかければ**たたみの上にとどかざりけり（已然）
正岡 子規 『子規歌集』

直

なにもかも忘れてしまいたいほどにひたすら
飛行機雲の**真っ直ぐ**（語幹）
森　直幹『蟬のシエスタ』

まつすぐにただ**まつすぐに**歩みゆけ今はそれ
のみに止めておかむ（連用・連用）
宮本　永子『雲の歌』

バゲットの長いふくろに描かれしエッフェル
塔を**真っ直ぐに**抱く（連用）
杉﨑　恒夫『パン屋のパンセ』

真つ直ぐな姿勢のままに意識だけつひにぶつ
飛ぶあからひく朝（連体）
大西久美子『イーハトーブの数式』

まっすぐにまっ白い線フラットな頭のなかに
いっぽんの線（連用）
浅川　洋『渚』

「バゲット」棒状のフランスパン。

切手の中の町だから建物も路も**四角いく**せに
バスが来ないの（連体）
我妻　俊樹
『カメラは光ることをやめて触った』

急峻の切通し越えわが胸のつはものどもと鎌
倉に入る（語幹）
金子　貞雄
『はにほへと』

丸

惹かれるは満月マンダラ万華鏡わたしを癒す
丸きものたち（連体）
吉田　理恵
『君が坂道駆けくれば』

まろくともひと角あれや人ごころあまり**まろ**
きはころびやすきぞ（連用・連体）
一　休
『狂歌雀』

京の春に桃われゆへるしばらくをよき水なが
せ**まろき**山々（連体）
茅野　雅子
『恋衣』

「急峻」傾斜が急で険しいこと。

「マンダラ」曼陀羅、密教の宇宙観を表し、悟りの世界や仏の教えを示した絵。

「桃われ」日本髪の髪型の一つ。桃を割ったように丸く結ったもの。

半月はなほ**まどけき**かゆづりはのつやめく夜に眠剤を割る（連体）　小林　幸子『日暈』

日暮れゆく海遠くより凪ぎをりて**まどけき**老のさま思はしむ（連体）　上月　昭雄『虹たつ海の時』

海への道**なめらかに**反り海沿ひの道へと変はります　元気です（連用）　光森　裕樹『山椒魚が飛んだ日』

童話の文**なめらかに**せむと校正を十歳の私に父は読ませせき（連用）　青木　春枝『草紅葉』

ゆるやかな傾斜は排水口へ向き雨吸われゆく駅前広場（連体）　吉田　惠子『透明な刻』

自然石**磊磊落落**江戸の富士初登頂をやりとげしかな（語幹）　菅野　節子『鉛筆』

「ゆづりは」譲葉。庭木によく使われる常緑高木。

「磊落（らいらく）」石が多く積み重なっているさま。

新

年々に滅びて且つは**鮮しき**花の原型はわがうちにあり（連体）
中城ふみ子
『乳房喪失』

きみが歌うクロッカスの歌も**新しき**家具の一つに数えむとする（連体）
寺山　修司
『血と麦』

葛の花　踏みしだかれて、色**あたらし**。この山道を行きし人あり（終止）
釈　迢空
『海やまのあひだ』

言祝ぐと云うにあらねど**新しき**足袋を下しぬ初能の日は（連体）
寒野　紗也
「ふうそう」

くずれまたもりあがりくずれ幾重波**あたらしき**波億兆の波（連体）
加藤　克巳
『石は叙情す』

「クロッカス」アヤメ科の多年草。早春、黄、紫、白などの花をつける。

「初能」新年になって初めての能楽の舞台。

あたらしきページをめくる思ひしてこの日の
きみの表情に対す（連体）

小野　茂樹
『羊雲離散』

新《あらた》**しき**年の始めの初春の今日降る雪のいや
重《し》け吉事《よごと》（連体）

大伴　家持
『万葉集』

牛飼《うしかひ》が歌詠《うたよ》む時に世のなかの**あらたしき**歌大《おほ》
いに起《おこ》る（連体）

伊藤左千夫
『左千夫全集』

徒渉《かちわた》る水のあしたよ流れ来る榧《かや》の青実に罪**あ**
らたなる（連体）

前　登志夫
『霊異記』

風だ四月のいい光線だ**新鮮な**林檎だ旅だ信濃
だ（連体）

北原　白秋
『海阪』

まっさらなページがどこか不自然で安保闘争
に赤線入れる（連体）

安藤　美保
『水の粒子』

「榧」イチイ科の常緑針葉樹。秋緑色の実をつけ独特の芳香がある。

「安保闘争」1960年に全国的に展開された日本安全保障条約改定反対の闘争。

ストロボが強く光ったあとに来る**まっさらな**
闇。誰か泣いてる。（連体）

中井スピカ
『ネクタリン』

古

「哥倫比亜《コロンビア》」「哥木哈牙《コペンハーゲン》」声に出し**ふるき**時代
の地球儀回す（連体）

糸川　雅子
『ひかりの伽藍』

今朝もまた花おりおりをまず読みて**古き**記憶
をたどる楽しさ（連体）

大橋　静子
「舟」

世の中は**常に**もがもな渚《なぎさ》漕ぐ海人《あま》の小舟《をぶね》の
綱手《つなで》かなしも（連用）

源　実朝
『新勅撰和歌集』

傘さしてコピー時代がふりむけば地球のいま
は**古い**春です（連体）

早崎ふき子
『触覚的な風景』

（百人一首）「もがもな」終助詞「もがも」に間投助詞「な」がついた上代語。願望の意に感動を添えた表現。

永遠に泣かないエリカ　コピー機のそばの窓
から星を探した（連用）

北山あさひ　『ヒューマン・ライツ』

幼

ひぐらしを社に聞きし**幼き**日　あれは人恋ふ
われのはじまり（連体）

佐田　公子　『天楽』

幼きは**幼き**どちのものがたり葡萄のかげに月
かたぶきぬ（連体・連体）

佐佐木信綱　『思草』

をさなければ樒《しきみ》の枝にとりそへてよき色花
を手向けけるかな（已然）

木下　利玄　『紅玉』

押し入れにしばしば隠れし**幼き**日獅子舞、虚
無僧、祖父のかみなり（連体）

春日いづみ　『地球見』

「樒」モクレン科の常緑小高木。墓地などに植えることがある。

「虚無僧」深編笠をかぶり、首に袈裟（けさ）をかけ、尺八を吹いて諸国を行脚修業した僧。

早春の木の芽**稚なく**やはらかしこの先の時間
いかにたたまむ（連用）
伝田 幸子『冬薔薇《ふゆさうび》』

いとけなきものの磁石を持つときに北にここ
ろをしづかならしむ（連体）
河野 愛子『魚文光』

をりふしに子らは**いとけなき**者を連れ来たり
て父と呼ばれゐるなり（連体）
稲葉 京子『忘れずあらむ』

若

若ければわれらは哀し泣きぬれてけふもうた
ふよ恋ひ恋ふる歌（已然）
若山 牧水『別離』

ひとの匂ひ恐かりし**若き**われなれば喜びにけ
むコロナ禍の距離（連体）
米川千嘉子『二〇二〇年コロナ禍歌集』

「いとけなし」幼い、あどけない、がんぜない。

夜の車窓暗きに**若から**ぬ貌《かほ》のあり私は何を詠つてきたのか（未然）

結城千賀子 『雨を聴く』

若ければ道行き知らじ賂《まひ》はせむ黄泉《したへ》の使《つかひ》負《お》ひて通らせ（已然）

山上　憶良 『万葉集』

わかき身のかかる嘆きに世を去ると思はで経にし日も遠きかな（連体）

山川登美子 『山川登美子集』

莨《たばこ》火《び》を床に踏み消して立ち上がるチエホフ祭の**若き**俳優（連体）

寺山　修司 『空には本』

わが**若き**日に売られたる四番町社屋ぞ寄ればこころ波立つ（連体）

丹波　真人 『朝涼』

こころ妻まだうら**若く**戸をあけて月は紅しといひにけるかも（連用）

斎藤　茂吉 『あらたま』

「負ひて通らせ」背負って行ってくれ。死後の世界へこの子を背負って行って欲しいという死んだ子への追悼。

わかわかしきかな黒き二月の夜の天に燈文字《ひもじ》
は周りつつ〈目には目を〉（連体）

塚本　邦雄
『緑色研究』

あなうらゆ翔びたつ雉の黄金《きん》のこゑ**夭夭《えうえう》とし**
て樹々は走れる（連用）

前　登志夫
『子午線の繭』

青くさき青春さらばこの日より極彩色の巨画
を描かん（連体）

依田　仁美
『骨一式』

愉

ああ君が働いている夜に見る俗悪番組**おもし**
れえなあ（終止）

山田　航
『寂しさでしか殺せない最強のうさぎ』

吾がために死なむと云ひし男らのみなながら
へぬ**おもしろき**かな（連体）

原　阿佐緒
『涙痕』

「夭夭」若く美しいさま。

たのしみは百日ひねれど成らぬ歌のふと**おもしろく**出できぬる時（連用）

橘　曙覧
『志濃夫廼舎歌集』

おもしろきこともなき世を**おもしろく**住みなすものは心なりけり（連体・連用）

高杉　晋作
「辞世」

キリンの絵指して「キリン」と教えれば「キイン」と応え**素晴らしく**笑む（連用）

早川　志織
『クルミの中』

早春のレモンに深くナイフ立つるをとめよ**素晴らしき**人生を得よ（連体）

葛原　妙子
『橙黄』

雀子の小さき脚の跳び方の**ほほゑましく**て実をこぼす草（連用）

三井　ゆき
『水平線』

ほほゑまし郵便片手に持ちながらこの配達は犬を撫でをり（終止）

三ヶ島葭子
『三ヶ島葭子全歌集』

見し人の煙《けぶり》を雲とながむれば夕べの空も**むつましき**かな（連体）

紫式部

『源氏物語』

爽

死に化粧に横たふ丈母《はは》のたましひの抜けしし しむら**すがすがと**あり（連用）

萩岡良博

『漆伝説』

芹なずな七草母の**すこやかに**在《いま》せりお粥の小豆の照りは（連用）

田村広志

『捜してます』

健やけく妻子を持ちて何を言ふわがごと病みてそののち言へよ（連用）

滝沢亘

『断腸歌集』

すこやかに厨に伸びし異母妹《いもうと》の脚触れがたし生まれきしより（連用）

花山多佳子

『樹の下の椅子』

『源氏物語』の「夕顔の巻」終盤で、亡くなった夕顔を偲んで歌った光源氏の歌。

つつがなく一《ひと》日《ひ》終へたるよろこびにわが身いたはり飲む紫蘇ジュース（連用）

喜多　昭夫『青の本懐』

惜しむなき時のなだりに咲く射干の去年も今年も**恙無き**こと（連体）

川田由布子『水の月』

颯爽と死ぬべく思い定めたりさようわたくしは**颯爽と**死ぬ（連用・連用）

依田　仁美『乱髪—Rnm Parts』

美麗

「髪切るは影を切ること」影を頭上に**絢爛と**巻きし葛原妙子（連用）

米川千嘉子『たましひに着る服なくて』

瀟洒なるマンションの下あゆむときネグレクトの末死にし子思う（連体）

富田　睦子『声は霧雨』

「射干（しゃが）」アヤメ科の多年草。日陰の斜面に群生する。

「ネグレクト」養育者の子供に対する不適切な養育。育児放棄。

取りをなす元素**あでやかなら**ずして遠き逃げ
水のごときに映る（未然）
川田 茂
『粒子と地球』

こつくりと緑の玉なす時計草むらさき**あでや**
かな花の果てなる（連体）
沢口 芙美
『変若《をち》かへる』

吸いあげて地の力こそ**たおやかなれ**枝垂桜の
花びら光る（命令）
古谷 円
『千の家族』

蓮《はちす》葉が風に零《こぼ》さぬ露の玉いつか蒐《あつ》まり**嫋《たお》や**
かに光《て》る（連用）
石本 隆一
『花ひらきゆく季』

日の本の春のあめつち**豪華なる**桜花《さくら》の層をう
ち築きたり（連体）
岡本かの子
『浴身』

さらば君氷にさける花の室《むろ》恋なき恋を**うるわ**
しと云へ（終止）
山川登美子
『恋衣』

「たおやか」姿、形、動作がしなやかで優しいさま。

鈴蟲のなきごゑに天つ神がみもふるへしとい
ふ古説**うるはし**（終止）

堀田季何
『惑亂』

夜きれぎれに現るるいもうとが**窈窕**《えうてう》**たり**し
安息を断つ（連用）

森島章人
「鹿首」

尊

ひぐらしという四音を**大切に**帰ってきたと妻
はいいたり（連用）

吉野裕之
『ざわめく卵』

思い出よ、という感情のふくらみを**大切に**夜
の坂道のぼる（連用）

内山晶太
『窓、その他』

日本語の標準語にはない音素あるとふ東北の
言葉**尊し**（終止）

黒木三千代
『草の譜』

「窈窕」美しくしとやかなさま。

詠までであるもありうるほどの歌にあらば詠までわがゐむ**尊き**を歌は（連体）

窪田空穂『鏡葉』

うらみごときこえむ時をまつ身にはこの玉の緒も**たふとかり**けり（連用）

九条武子『金鈴』

朝ぼらけ馬の吐息はしろじろと鬣までも**かしこき**ほどに（連体）

村田馨『疾風の囁き』

古《いにしへ》の七の**賢《さか》しき**人たちも欲《ほ》りせしものは酒にしあるらし（連体）

大伴旅人『万葉集』

若くして**立派なる**顔なり信念に殉じし人の写真を見れば（連体）

稲盛宗太郎『氷枕』

大きなる藁ぶき屋根にふる雨のしづくの音《おと》の**よろしかり**けり（連用）

古泉千樫『屋上の土』

「玉の緒」いのち、生命。

「鬣」たてがみ。

「古の七の賢しき人たち」竹林の七賢人。3世紀の中国三国時代末期および晋代初期に老荘思想を主張し、清談を行った七人の思想家の総称。

正

ぼくは天使、ぼくが**正しい**　弦の切れたヴァ
イオリンより美しく歌（終止）

森本　平
『森本平集』

ただいま夢が大変混み合っております**ただし**
い夢におつかまりください（連体）

岡本　真帆
『水上バス浅草行き』

小生は清く**正しく**美しく生きて来たとは言う
ていません（連用）

石田比呂志
『涙壺《るいこ》』

死者の友へ捧げん俺に**ふさわしき**一升の水一
生の悔い（連体）

佐佐木幸綱
『直立せよ一行の詩』

ふさわしい用紙サイズが選ばれて納まるで
しょう猫と奈落は（連体）

我妻　俊樹
『カメラは光ることをやめて触った』

どんぶりに割り箸折って投げ入れたせかいが
わたしに**ふさわしい**から(連体)
鈴木美紀子
『金魚を逃がす』

わたくしの今日を消すのに**ふさわしい**石棺型
の白い浴槽(連体)
杉﨑恒夫
『パン屋のパンセ』

この生を引き裂けるもの　地震《なゐ》なれば生者も
魔王も**ひとしく**崩す(連用)
森島章人
「鹿首」

名前がなければ0点になるそのことを**当たり**
前だとわたしは思う(終止)
乾遥香
『うたわない女はいない』

雄

思出に泣かじとこそは誓ひつれ**雄々しき**もの
となどのたまはぬ(連体)
柳原白蓮
『踏繪』

母を捨て**雄々しく**生きよとたうらうの小さき
青は言ふてゐるらし（連用）

斉藤　蒔
『春の龍』

夕ぐれの街に来れば籠の鳩しづかにをれど
猛々しけれ（已然）

玉城　徹
『馬の首』

人見れば手をふる伯備線車窓には**たけだけし**
くも夏の盛りが（連用）

秋山　義仁
『旅の伝説』

獰猛な白色群がユリカモメなる鳥類と知るま
での躁（連体）

藤原龍一郎
『花束で殴る』

重厚

偶蹄目の**ぶあつき**舌が嘗めつけてゆきたるご
とき熱風きたる（連体）

睦月　都
『Dance with the invisibles』

「たうらう」蟷螂、カマキリの漢名。

「伯備線」岡山県倉敷と鳥取県伯耆大山を結ぶ鉄道線。

「偶蹄目」四肢の指が2本または4本で蹄を持つ哺乳類。イノシシ、シカ、ウシなど。

すこし私をほうっておいてください　**ぶあつ**
い水に掌《て》をしずませる（連体）
江戸　雪
『百合オイル』

むさぼれる朝寝の夢に大虹の**ふとぶとと**して
空に弧を描く（連用）
佐波　洋子
『種子のまつぶさ』

蝶までの道のり**険し**昨日まで檸檬におりし青
虫は消ゆ（終止）
平石　眞理
『ラクリモーサ』

猛き性かくして春をすりぬける領域犯す猫し
なやかに（連体）
星野　京
『限りなき賛歌』

枯れ枝に柿**たわわなり**流されし緑の行方誰に
問はまし（終止）
大津　仁昭
『天使の課題』

鋭

ひとを恋う髪すすがんとする水の**するどく**て
はつか雪のにおいす（連用）
齋藤　芳生
『花の渦』

波あげてゐたる埠頭の低ぞらや軀《み》を緊めて翔
びゆける**するどし**（終止）
河野　愛子
『魚文光』

童貞の**するどき**指に房もげば葡萄のみどりし
たたるばかり（連体）
春日井　建
『未青年』

ほととぎすの雨にまぎるる**鋭《と》き**声はつたなき
歌を叱りくるるこゑ（連体）
萩岡　良博
『禁野』

ある刹那光の幕となる滝の裏に給餌す鳥影の
鋭《と》き（連体）
入江　曜子
『青く透けゆく』

確

世の中は何が何やら知らねども死ぬことだけは**たしかなり**けり（連用）

違星 北斗『違星北斗歌集』

緑陰は悲母のごとしも**ゆるぎなく**人はまどろみ影を失ふ（連用）

小中 英之『わがからんどりえ』

生は揺らぎ死は**ゆるぎなし**夕暮れて紫深きりんだうの花（終止）

小笠原和幸『黄昏ビール』

荷を移すフォークリフトは**よどみなし**無駄なしあそぶやうにも見えて（終止）

野一色容子『自堕落補陀落』

母さんの神話にわりと**忠実に**生きるわたしは細部に宿る（連用）

斉藤 斎藤『渡辺のわたし』

「緑陰」夏の青葉が繁ってできる緑の木陰。

再婚の母許さざる少年の背筋を**堅く**とはに地吹雪（連用）

相澤　啓三
『羊歯の谷間に』

まつぶさに凡愚のおもひいふ人の身のもてるあはれに触れまくほしく（連用）

窪田　空穂
『去年の雪』

桔梗撫子**まぎれなき**まま咲き競い一条帝のごとくさびしい（連体）

富田　睦子
『風と雲雀』

夥

夕ぐれといふはあたかも**おびただしき**帽子空中を漂ふごとし（連体）

玉城　徹
『樛木』

おびただしき紙を切りたるゆふぐれにうすべに差してさくら咲きたり（連体）

葛原　妙子
『鷹の井戸』

「一条帝」一条天皇。第66代天皇。在位中は藤原氏の最盛期。

おびただしき羊のむれとなり馬となり牛となり空うつりゆく（連体）

王　紅花『夏暦』

蜘蛛どもが網張る背後《うしろ》、月明の草木に結ぶ露**おびただし**（終止）

松平　修文『トゥオネラ』

雪としてありし山より流れ出て**ゆたかなる**かな春の犀川（連体）

三井　ゆき『水平線』

風にもまれ南京櫨の濃きみどり**饒《ゆた》けく**さやぐ夏近みかも（連用）

島田　修三『露台亭夜曲』

鉄鉢をかたどる器《うつは》に一つ盛る弾力**ゆたけき**胡麻の豆腐を（連体）

石黒　清介『午後の天』

「南京櫨」ナンキンハゼ。中国大陸原産の落葉高木。庭木や街路樹として植えられる。

疎

「**粗末な**巣を作る」と解説する事典　キジバトにとりて十分な巣を（連体）

時本　和子
『運河のひかり』

日の照りの烈しきなかの蟬の声聞けば**おろそかなら**ぬこの刻（未然）

人見　邦子
『風の窓』

さ夜ふけて声**乏**《とも》**しらに**啼く蛙《かはづ》一つとも聞こゆ二つとも聞こゆ（連用）

伊藤左千夫
『左千夫歌集』

徒

露をなど**あたなる**ものと思ひけむわが身も草に置かぬばかりを（連体）

藤原　惟幹
『古今和歌集』

「あたなる」たよりない、はかない。

無用なる才《ざえ》と思えどやわらかきくちびるにして甦《かえ》る笛の音（連体）
馬場あき子『桜花伝承』

思ひどほりにならぬひとひに苛立ちて時雨のなかの傘、**役立たず**（語幹）
宇田川寛之『そらみみ』

けとばせば重い石ありみたところ**たよりない**のが特色（連体）
高瀬一誌『スミレ幼稚園』

難易

建設のいかなる部門に与《あづ》かるべきかいのち捧げむは**容易なれ**ども（已然）
土岐善麿『六月』

たわやすき夏の水際の氾濫に炎えたつ闇は深からず来し（連体）
岡田恭子『しずかだね』

介護制度と**たやすく**言ふな一夏《ひとなつ》を母受けくるる施設探して（連用）

野地　安伯
『風の通る道』

みづからの命さへ捨ててかからねばならぬなどども**たやすく**言ひき（連用）

安立スハル
『この梅生ずべし』

つゆのまを紫陽花みごと花火咲き　裏切ることはとても**たやすい！**（終止）

藤田　武
「雁」

たはやすく復興といふ遠つ沖に数へられざる死者な忘れそ（連用）

本田　一弘
『磐梯』

忘れじの行く末までは**かたければ**今日をかぎりの命ともがな（已然）

儀同三司母
『新古今和歌集』

青森で不良になるのは**むずかしい**電車の吊り輪もりんごのかたち（終止）

くどうれいん
『水中で口笛』

「死者な忘れそ」死者のことを忘れてはいけない。「な〜そ」で禁止の意味を表す。

（百人一首）「もがな」願望の意味を表す文末表現。

難解です説明書（終止）

秋の夜に読んでも読んでもフッサールよりも**難解です**説明書（終止）
滝口　泰隆
『発熱』

優しくとも夫と父には作れざる酢の物という**難解な**もの（連体）
永田　紅
『いま二センチ』

老梅は咲き盛れども爛漫とは**言ひがたく**して遠退く昭和（連用）
楠田　立身
『織月』

二人行けど行き**過ぎ難《がた》き**秋山をいかにか君がひとり越ゆらむ（連体）
大伯　皇女
『万葉集』

たのしみは世に**解きがたく**する書《ふみ》の心をひとりさとり得し時（連用）
橘　曙覧
『志濃夫廼舎歌集』

踏んづけるほどつよくなるこの葉とにかく手**強い**のがよし（連体）
高瀬　一誌
『スミレ幼稚園』

「フッサール」ドイツの哲学者。

「がたく」難しい、困難だ。「言ひがたく」と動詞について動作が困難であることを示す。次の「過ぎ難き」「解きがたく」も同じ。

首尾

爪先まで**上手に**ぬけた蝉のから朝風通ふフェンスにすがる（連用）

森　みずえ
『水辺のこゑ』

ファミレスが**得意な**のはハンバーグとパフェわたしにも聞こえる虫の声（連体）

永井　祐
『広い世界と2や8や7』

わが仕事この酔ひし人を**安全に**送り届けて忘れられること（連用）

高山　邦男
『インソムニア』

ていねいなくらしにすがりつくように、私は鍋に昆布を入れる（連体）

岡本　真帆
『水上バス浅草行き』

駅裏の喫煙エリアに憩うのは多く真面目で**不器用な**やつ（連体）

田島　邦彦
『アイデンティティーの迷路』

蟹を食う仕草はいかにも**不器用で**助けられつつ笑む母がゐる（連用）

高山　邦男
『インソムニア』

下手くそな水彩画見たまなざしは途中の川で白鷺を追う（連体）

喜多　昭夫
『いとしい一日』

健《したた》かな棘もつ旧家の庭の薔薇ルサンチマンの赤い花ひらく（連体）

田中あさひ
『まひまひつぶり』

原爆忌**たどたどしく**も仲間らの『薔薇と車輪』をささげんとする（連用）

山田　あき
『飛泉』

虚

哀しみに君と会わざるいちにちを**まことしやかな**嘘にてかばう（連体）

佐藤よしみ
『風のうた』

「ルサンチマン」怨恨、復讐。

「原爆忌」昭和20年8月6日に広島市、8月9日に長崎市にアメリカにより原爆が投下され、この両日を原爆忌という。

春の夜の夢ばかりなる手枕に**かひなく**立たむ
名こそをしけれ（連用）

周防内侍
『千載和歌集』

花と見しみねの白雲ゆけど〳〵**あとはかもな**
き恋もするかな（連体）

樋口一葉
『樋口一葉和歌集』

無力なる手をさしのぶる象《かたち》して水銀灯とも
る住宅団地に（連体）

島田修二
『花火の星』

脳病院長の吾をおもひて出《いだ》さむか濁々《だくだく》として
単純ならず（未然）

斎藤茂吉
『白き山』

上澄みを生きているのは**つまらない**アメンボ
飛び出すときの脚力（終止）

永田紅
『いま二センチ』

飛ばし読みで投げ出す歌集しょせんこれも筆
禍を招かぬ**生温き**歌（連体）

森本平
『森本平集』

（百人一首）

「あとはかもなし」行方を知る手がかりがない。

「筆禍」発表した文章の内容が原因で、処罰を受けたり制裁を加えられたりすること。

怪

からだこほりのごとくなりても若かりきなま**なましかりき**夫のなきがら（連用）

森岡 貞香
『白蛾』

主成分ウルシオールの粘る液採りたる木肌のきず**生々し**（終止）

源 陽子
『百花蜜のかげりに』

白い歯の**なまなましかり**下顎の喜屋武岬をガマから掘り出され（連用）

田村 広志
『捜してます』

落ち椿の花敷くうへを踏み渉る**ひややかに**蹂躙をわがなすごとく（連用）

恩田 英明
『葭莩歌集』

「ウルシオール」ウルシの樹皮から採取される漆の主成分。

「ガマ」沖縄本島に多く見られる自然洞窟。沖縄戦では民間人の避難場所となったが、米軍により火炎放射器や手榴弾で殺されたり集団自決などが行なわれた。

奇

情《なさけ》すぎて恋みなもろく才《さい》あまりて歌みな**奇**
なり我をあはれめ（終止）

与謝野鉄幹
『紫』

夕日の中を**へんな**男が歩いていった俗名山崎
方代である（連体）

山崎　方代
『迦葉』

そこにある**変な**かたちの壜なれば**変な**かたち
に酢は蹲る（連体・連体）

田中　槐
『サンボリ酢ム』

ほしをみていたらかぜがふき**へんな**こえのひ
とくるよもうすぐはるね（連体）

五百木唯安
「環」

輪郭のすこし**いびつな**朝の月ねむたい窓には
りついてゐる（連体）

森　みずえ
『水辺のこゑ』

陳腐なる設定なれど微睡《まどろ》みにバルタイという一語の微光（連体）　藤原龍一郎『嘆きの花園』

不格好な梅の木なれど近づきてわれは見入るもその花の蕊（連体）　飯沼鮎子『土《つち》のいろ草《くさ》のいろ』

けつたいなうはさはきみの柔肌におもろい花がぼんやりとさき（連体）　武藤雅治『鶫』

医師六人連れ立ち廊下歩くさままさしく**グロテスクと**こそ知れ（連用）　生沼義朗『空間』

不快

死んだふりして人間は生きのびる**狡《ずる》い**賢いさうでなければ（終止）　外塚喬『鳴禽』

「バルタイ」バブルタイミング。4サイクルエンジンの吸排気バルブが開閉する時期のこと。

「ごめんね」と先に言われた**ずるい**よねあや
まられるとけっこうきつい（終止）
水門　房子
『ホロヘハトニイ』

くすぐれど笑はぬキューピー人形の**狡き**ゑく
ぼをおそれてゐたり（連体）
栗木　京子
『中庭《パティオ》』

その墓地は寺の裏手にひろがりて住職は**陰険**
な人といふ（連体）
仙波　龍英
『墓地裏の花屋』

「人類の恋愛史上かつてないほど**ダーティー**
な反則じゃない？」（連体）
穂村　弘
『ドライ ドライアイス』

朽ちし木に蟻ぞろぞろと這ひのぼりその精勤
の**うとまし**今日は（終止）
前川佐重郎
『天球論』

竹林に育つ若竹たちまちに伸び育ちゆく**うと**
ましきほどに（連体）
一ノ関忠人
『木ノ葉揺落』

はしたなき命なれども捧げなむ百年までは国救ふため（連体）　尾崎　咢堂　評伝より

教員は帰れ**じやまだ**と叫ぶこゑ赤旗たてる坂下にきこゆ（終止）　清水　房雄　『一去集』

「咢堂」政治家尾崎行雄の雅号、97歳で歿。

コラム 2

形容動詞をめぐる二つの学説

形容動詞は活用語尾を含めて一語とするのが一般的な考え方です。しかしその一方で、これを名詞と助動詞に分ける考え方もあります。

つまり、形容動詞には、従来から文法論上、大別して二つの学説があるのです。その内容に深く立ち入ることは本書の目的とするところではありませんが、概略を知ること自体は、この品詞の本質に関わるので、必ずしも無意味ではありません。

先に、「一般的」と書いた学校文法では、形容動詞を活用語尾を含めて一語とする、橋本進吉の説く、いわゆる橋本文法に基いており、古語では「ナリ活用」「タリ活用」の二種類が形容動詞の基本になっています。これを受けて多くの辞書は、条件に該当する語には（名・形動）と二つの品詞を宛てています。つまりこれらの語は名詞として使われる場合と形容動詞として使われる場合があることを認めているのです。

しかし、これに反対する説もあります。前記学校文法では形容動詞を全体で一語とみますが、これを否定して、学校文法でいう語幹と活用語尾とを分けて二語とする考え方です。時枝誠記の説が代表的で、語幹部分を体言、活用語尾部分を指定の助動詞とする説です。その発想の基本は、「健康」「静か」「大胆」などを一語と見ていることで、たとえば、「彼は健康に自信がある」という場合と、「彼はとても健康だ」という場合とにおいて、「健康」を名詞と見るか、形容動詞語幹と見るかに区別するのは容易ではないというあたりを欠点として指摘しています。

さらには、「健康だ」を一語とすると、その敬語表現「健康です」も一語ということになってしまい、統一的説明が困難になることなども挙げて、この説の論拠としています。

形容動詞を一語として認めない学説は外にもありますが、このあたりは今なお完全に整理されていませんので、このくだりはご参考に留めおきください。

本書は諸賢になじみ深い、いわゆる学校文法に拠っていますが、ここでは次の三点について先に触れたことの補足をかねて述べてみます。

①外国語が状態や情意の表現として使われる場合、その多くは形容動詞の形式をとります。「フラットな」「ダーティーな」「永遠に」などです。なお、本書では「Hystericalな」など英字表記のケースもこれに準じています。

②「形容動詞と形容詞とで語幹が同一の語も少なくありません。本書の引用語の中にも「淡々と」（形容動詞）「淡々し」（形容詞）、「あらたなる」（形容動詞）「あらたしき」（形容詞）、「やはらかに」（形容動詞）「やはらかき」（形容詞）などのように、語幹が同じでありながら形容動詞に活用する例と、形容詞に活用する例とが見られます。

③「〜だ」と活用する口語の形容動詞の丁寧表現「〜です」がありますが、本書では一語の形容動詞として取り上げています。用例としては少ないのですが、「難解だ」が一語の形容動詞であるならば、「難解です」も一語として考えるべきという判断に基づいています。

感情

愛慕

幾日か**恋々と**せし臆説をくらき彼方へ遠ざからしむ（連用）

岡井　隆

『土地よ、痛みを負え』

名も知らぬ小鳥きたりて歌ふとき我もまだ見ぬ人の**恋しき**（連体）

三ケ島葭子

『吾木香』

みかの原わきて流るるいづみ川いつ見きとてか**恋しかる**らむ（連体）

藤原　兼輔

『新古今和歌集』

旅にしてもの**恋《こほ》しき**に山下の赤《あけ》のそほ船沖に漕ぐ見ゆ（連体）

高市　黒人

『万葉集』

何処からか柿の木、栗の木、枯れけやき聞こえて白秋**恋ひしき**ひと日（連体）

柴田　典昭

『野守の鏡』

「臆説」事実でなしに推測や仮定にもとづく意見。

（百人一首）「いつみき」「いつみ川」に続いて「いつ逢ったというのか」を掛ける。

「そほ船」赭船（そおぶね）」赤土で赤く塗った船。

をとめごを鮭のはらごを秋霧を語るに**愛しき**
吾を生みし国（連体）
山本　友一
『布雲』

黄の瓜も赤き苺もひとしなみ草果物《くさくだもの》と呼べば
いとしき（連体）
津金　規雄
『時のクルーズ』

田の草が匂えば水も匂うかな形なきものこと
に**愛おし**（終止）
山中もとひ
『生きてこの世の木下《こした》にあそぶ』

暦無くとも鰊来るのを春としたコタンの昔**慕**
はしきかな（連体）
違星　北斗
『違星北斗歌集』

君の死より一と月へつつ**まがなしき**安房には
ゆかず信濃に越ゆる（連体）
田井　安曇
『水のほとり』

をみなにて又も来む世も生まれまし花も**なつ**
かし月も**なつかし**（終止・終止）
山川登美子
「辞世」

「コタン」アイヌ語で村、村落。

「まがなしき」切ないほどにいとしい。

ふるさとの訛《まなり》**なつかし**／停車場《ていしやば》の人《ひと》ごみの中《なか》に／そを聴《き》きにゆく（終止）

石川　啄木　『一握の砂』

あの雲の形が何だか**懐かしく**しばし枕とさせてはくれぬか（連用）

小塩　卓哉　『たてがみ』

懐かしい電話の声にとうに捨てた翼のつけ根がひりひりとする（連体）

五十嵐順子　『奇跡の木』

ＩＣカードにて利用の今はリズム持つ改札鋏の音の**なつかし**（終止）

藤島　鉄俊　『前途』

快適

快く寝たらそのまま置炬燵生けし炭団《たどん》の灰となるまで（連用）

仮名垣魯文　「辞世」

「そのまま置炬燵」そのまま放置してくれの意を掛ける。

水の音つねにきこゆる小卓に**恍惚と**して乾酪《チーズ》黴びたり（連用）
葛原 妙子
『朱霊』

恍惚と炎の舌になめられてジャンヌ、この服装倒錯者《トランスヴェスタイト》（連用）
江畑 實
『縷縷色世紀』

辛夷散るころにカインのおとうとを生んで**幸福《しあはせ》で**したかイヴは（連用）
小佐野 彈
『メタリック』

「ポエジーは**ユーフォリックな**トポフィリア」だと？ 脅かさうつたつてさうはいかねえ！（連体）
斎藤 寛
『アルゴン』

空疎

みな**空し**恋もいのちも現身《うつそみ》も滅ぶべき日の近づきしかな（終止）
吉井 勇
『毒うつぎ』

「ジャンヌ」ジャンヌ・ダルク。

「カイン」アダムとイヴとの長子。弟のアベルを殺してしまう。

「ユーフォリック」euphoric（英・形）は幸福感にあふれた。
「トポフィリア」topophiria（英・名）は場所への愛。

ふるさとの虚《むな》し風呂にはいまごろは薄朱《うすしゅ》の
菌《きのこ》生えゐるとおもふ（終止）

前川佐美雄
『植物祭』

花は散りその色となくながむればむなしき空
に春雨ぞ降る（連体）

式子内親王
『新古今和歌集』

寂寥

やは肌のあつき血汐にふれも見でさびしから
ずや道を説く君（未然）

与謝野晶子
『みだれ髪』

さびしくも君が一つのまばたきの中にさまよ
ふ我を見しかな（連用）

三ヶ島葭子
『吾木香』

墓原はさびしくあらず桜咲き鳶鳴き海が遠く
に見ゆる（連用）

長澤　ちづ
『海の角笛』

「墓原」墓所。

ぱふぱふと喘ぐがごとくへリ行けば諸世紀**さ**
びしく藻色の雲に（連用）
豊岡裕一郎
『ネコぎらいと猫』

目の前に一本の縄垂れて来てひじょうに**さび**
しい世界となった（連体）
加藤　克巳
『心庭晩夏』

わが生活清くしてなほ**寂しき**は子のなきこと
に因れるなるべし（連体）
香川　進
『氷原』

憂ひつつ歩むならねど朝影のあまり**さびしき**
われにおどろく（連体）
岡野　弘彦
『冬の家族』

指さして「みづ」と言ふ子に「かは」といふ言葉
教へて**さびしく**なりぬ（連用）
大口　玲子
『トリサンナイタ』

足りないか**寂しい**かと君問ひながら　つばめ
のやうに去つてゆくのだ（連体）
梅内美華子
『夏羽』

春来るとしきり**寂しき**は何ならん翼癒えたる
者帰すなる（連体）

五十嵐順子
『Rain tree』

大江山酒呑童子は**さびしけれ**櫻降る夜の堤燈
の朱に（已然）

佐々木六戈
「短歌」

頬白の卵をポストへ落すゆめくちなしの花日
すがら**さみし**（終止）

山田富士郎
『アビー・ロードを夢みて』

髪きつく捲るばかりに**さみしく**てわれの青銅
時代はながし（連用）

春日井 建
『未青年』

まさびしくゆるる連船しろじろと終《つひ》の秋にて
人の声なし（連用）

小中 英之
『わがからんどりえ』

まさびしきヨルダン河の遠方《おち》にして光のぼれ
とささやきの声（連体）

岡部桂一郎
『緑の墓』

悲哀

灯の点きてゐる筈もなきわが窓を仰ぐ慣ひも
侘しきものか（連体）

三国 玲子
『蓮歩』

映画館の裏扉《うらど》いできて月あれば辛《から》く得し職も
にはかに**わびし**（終止）

富小路禎子
『未明のしらべ』

来ぬ人を待つ夕暮の秋風はいかに吹けばかわ
びしかるらむ（連体）

凡河内躬恒
『古今和歌集』

する事なす事手順狂ふを危ぶめる君の気遣ひ
に術なく**わびし**（終止）

相澤 啓三
『羊歯の谷間に』

老いさきのみじかきことも**切なく**て気狂ひし
さうな空の明るさ（連用）

米口 實
『ソシュールの春』

草の笛吹くを**切なく**聞きており告白以前の愛とは何ぞ（連用）　寺山　修司『空には本』

穏やかに熟睡《うまい》の底に沈みゆく愉楽思えば夏は**せつなし**（終止）　桜井　健司『平津の坂』

いちご縦に切った断面ぬれていてちいさな炎の模様　**せつない**（終止）　くどうれいん『水中で口笛』

逢ふもまたあはざるもなほ**切なき**を夜ごとにわれをわたりゆく月（連体）　内山　咲一『指物語』

島人の歌へる**愛しき**「我らが土地」弾は未だ深く刺さりて（連体）　玉城　洋子『儒艮』

「愛しき」かなしき、と読む。自分の力ではとても及ばないと感じるほど切ない。

不満

鎌倉のいくさの君も**惜しけれ**ど金槐集の歌の主あはれ（已然）

正岡 子規
『子規歌集』

「金槐集の歌の主」源実朝を指す。

君がため**惜しから**ざりし命さへ長くもがなと思ひぬるかな（未然）

藤原 義孝
『後拾遺和歌集』

（百人一首）

かかる時さこそ命の**惜しから**め兼てなき身と思ひしらずば（未然）

太田 道灌
『慕景集』

（辞世）

忘らるゝ身をば思はずちかひてし人の命の**をしく**もあるかな（連用）

右 近
『拾遺和歌集』

（百人一首）

柿の葉は寿司より離されたちまちに用済みとなる**悔しく**はないか（連用）

綾部 光芳
『青熒』

有明の**つれなく**見えし別れより暁ばかり憂き
ものはなし（連用）
壬生　忠岑
『古今和歌集』

夜もすがら物思ふころは明けやらぬ閨のひま
さへ**つれなかり**けり（連用）
俊　恵
『千載集』

音にのみ聞きつる恋を人知れず**つれなき**人に
ならひぬるかな（連体）
詠み人知らず
『拾遺和歌集』

なびきけり花さく山の夕霞**つれなき**人もかゝ
らましかば（連体）
樋口　一葉
『樋口一葉和歌集』

触れえざるものゆゑ永久に**ねたましき**硝子の
なかにほほゑむ緋薔薇（連体）
内山　咲一
『指物語』

人もをし人もうらめし**あぢきなく**世を思ふゆ
ゑに物思ふ身は（連用）
後鳥羽院
『続後撰和歌集』

（百人一首）

（百人一首）「閨のひま」寝室の板戸のすきま。

（百人一首）「あぢきなく」無意味である。無益・無用である。

かもめよ鷗よいく夜眠らず**うつうつと**われは
来れり橋をわたりて（連用）
土岐　善麿
『遠隣集』

苦痛

相恋ひし日のごと匂ふ香水の**堪へがたき**かな
我が衰へて（連体）
相良　宏
『相良宏歌集』

ひとときの心と思《も》へど**耐《た》へがたく**虚《むな》しくなれ
ば身じろぎもせず（連用）
佐藤佐太郎
『歩道』

ポケットの中しめりつつ**耐へがたし**と思ひ居
る時私語しげくなる（終止）
近藤　芳美
『早春歌』

をのこそ**いとはしき**ものそれよりも**いとは**
しきものは女なりけれ（連体・連体）
九条　武子
『金鈴』

待てよ君冥土も共と思ひしにしばしをくるゝ
身こそ**つらけれ**（已然）

伊庭 八郎
「辞世」

ことしまた桜はさくにふたつなきいのちく**る**
ほしく死なしめにけり（連用）

土岐 善麿
『春野』

身をよぢる**苦しき**ときも幾万のさくらの花の
ふりかかるなり（連体）

齋藤 史
『魚歌』

かねてより身はなきものと思ひしが今はのき
はぞさても**くるし**や（終止）

中村吉右衛門
「辞世」

明けぬれば暮るるものとは知りながらなほ**恨**
めしき朝ぼらけかな（連体）

藤原 道信
『後拾遺和歌集』

（百人一首）

世間《よのなか》を**憂し**と恥《やさ》しと思へども飛び立ちかねつ
鳥にしあらねば（終止）

山上 憶良
『万葉集』

長らへばまたこのごろやしのばれん**憂し**と見し世ぞ今は恋しき（終止）

藤原 清輔
『新古今和歌集』
（百人一首）

倦怠

バリケードそこになければ初夏の陽は**もの憂けれ** されば一日眠れ（已然）

福島 泰樹
『バリケード・一九六六年二月』

くだもの屋の台はかすかにかたむけり旅のゆうべの**懶**《ものう》**き**ときを（連体）

吉川 宏志
『夜光』

ものうげに空を見上げる目と合えりエレベーターを待ちながらまた（連用）

光栄 尭夫
『姿なき客人』

ゆくりなく喰ひたくなりて**遣る瀬なし**独活の煮つけはしばらく去らず（終止）

島田 修三
『秋隣小曲集』

「ゆくりなく」思いがけず。偶然に。

心裡

皆われより勁く若きに一人づつ来り傷《いた》ましき
内部を訴《うった》う（連体）

岡井　隆
『土地よ、痛みを負え』

日本画の童はずっと子のままで**羨ましく**もか
なしくもある（連用）

岡田　美幸
『グロリオサの祈り』

何を見ても他人が**うらやましく**思ふ咲けばさ
くらの幹くろくなる（連用）

林　和清
『朱雀の聲』

金曜日に父が居るのは**恥づかしい**と小六の娘
呟くでもなく（終止）

平山　公一
『鋼』

「**仕方ない**」という口癖が日常になり日常を
なくしてしまった（終止）

三原由起子
『ふるさとは赤』

仕方なく頭を下げる下げるべき人に何度も頭
を下げる（連用）
石川 幸雄
『百年猶予』

水に落ち水に流されゆく花の**いたし方なき**経
緯に似たる（連体）
蒔田さくら子
『鱗翅目』

悪だくみするにあらねど冬魚の喉黒《のどぐろ》**うしろめ**
たきまで旨し（連体）
久々湊盈子
『非在の星』

冬草のかれにし人の**いまさらに**雪踏み分けて
見えんものかは（連用）
曽禰 好忠
『新古今和歌集』

うつつなき春のなごりの夕雨にしづれてちり
ぬむらさきの藤（連体）
茅野 雅子
『恋衣』

覗いてみると穴は深くて狭かった**おもいがけ**
ない穴であったよ（連体）
山崎 方代
『迦葉』

「冬草の」「かれ」の枕詞。「枯れ」に「離（か）れ」を掛けている。

「うつつなき」物狂おしい。「しづれて」垂《しず》れて。

喜怒哀楽

いだきつつあればわが児のほのぬくみみにほのぼのと**嬉しかり**けり（連用）　前田　夕暮『深林』

来てくれて**嬉しかつ**たと末娘のメモあり高校卒業の夜（連用）　平山　公一『鋼』

たらちねの親のいまさで**嬉しき**はこの苦しきを見せぬなりけり（連体）　税所　敦子『心つくし』

軍人軍属恩給請求権告示の下**いまいましく**も心ときめく（連用）　清水　房雄『一去集』

汽車を待つ行列に立ち煙草火の貸借すらも**いまいましき**ぞ（連体）　山本　友一『布雲』

「軍属」軍人でなくて軍に属する文官・文官待遇者など。

この夜半《やはん》**まがまがしき**を閉ぢこめて四角のテレビ朝まで四角（連体）
前川佐重郎
『天球論』

八王子の森に広がる海光の**禍禍し**目を閉じてこらえる（終止）
大田 美和
『とどまれ』

咲く花を藤と信じてゆるしゐつ形《なり》**おぞましく**房なす蕾（連用）
蒔田さくら子
『鱗翅目』

白鳥は**哀しから**ずや空の青海のあをにも染まずただよふ（未然）
若山 牧水
『海の聲』

人妻は**かなし**歌よむことをさへみそかごとする如く恐るる（終止）
原 阿佐緒
『白木槿』

人肌のぬくみ保てる夜の酒唇にふれて女**かなしき**（連体）
富小路禎子
『未明のしらべ』

「みそかごと」密か事。秘密な事。内緒事。

夕焼けの空に尾を曳く寺の鐘毎日聞きて毎日**哀し**（終止）

平石　眞理
『ラクリモーサ』

月見れば千々にものこそ**悲しけれ**わが身ひとつの秋にはあらねど（已然）

大江　千里
『古今和歌集』

（百人一首）

うらうらに照れる春日にひばり上がり心**悲し**もひとりし思へば（終止）

大伴　家持
『万葉集』

筑波嶺に雪かも降らるいなをかも**かなしき**児ろが布乾《にのほ》さるかも（連体）

東　歌
『万葉集』

「児ろ」子等の東国方言。

机にてまどろむ時に**うらがなしく**妻もたざりしころのおもかげ（連用）

佐藤佐太郎
『歩道』

昆虫の世界ことごとく**あはれに**て夜な夜なわれの灯火《ともしび》に来る（連用）

斎藤　茂吉
『白き山』

あら**楽し**思ひは晴るる身は捨つる浮世の月にかかる雲なし（終止）　大石　良雄　「辞世」

月齢がサラブレッドの能力に陰翳なすという説**愉し**（終止）　藤原龍一郎　『嘆きの花園』

われとおなじ名を持つ林檎も薔薇もありこの世**たのし**としばしば思へ（終止）　石川不二子　『野の繭』

風通し　採光　木の床それのみに足らへり足るを知るは**たのしき**（連体）　野一色容子　『自堕落補陀落』

菜の花はぐんぐん水を吸ひ上げて黄の色となる**たのしかる**らむ（連体）　足立　晶子　『はれひめ』

一生に使ひきれないほどのメモ帳を装丁し並べしみじみ**楽し**（終止）　林　和清　『朱雀の聲』

官名、大石内蔵助。

林檎にも薔薇にも「ふじ」という品種がある。

詳細は思い出せぬまま**楽しかり**し神田神保町の思ひ出（連用）

大口　玲子

『桜の木にのぼる人』

真帆《まほ》ひきてよせ来る舟に月照れり**楽しく**ぞあらむその舟人は（連用）

田安　宗武

『天降言』

好悪

木の花白く咲いてひそかに死にゆける父の風景もまた**きよき**もの（連体）

前田　透

『漂流の季節』

午後二時の素秋の谷にをるものは吾と鴉と**清き**風音（連体）

砂田　暁子

『遠霞』

ぬばたまの夜のふけゆけば久木《ひさき》生ふる**清き**河原に千鳥しば鳴く（連体）

山部　赤人

『万葉集』

「真帆」順風にかけた帆。

「素秋」秋の異称。「素」は白の意。白秋。

「久木」木の名。今のキササゲ、或いはアカメガシという。

暖房を強め会議はにおうなり　我らの腹は**清らかならず**（未然）

河路　由佳
『夜桜気質』

風吹けば花の底まで見せてしまふをだまき草のかろさ**羨**《とも》**しも**（終止）

栗木　京子
『中庭《パティオ》』

リングロープを押してみたれば反動を跳躍とする力**羨**《とも》**しも**（終止）

小塩　卓哉
『たてがみ』

みだらなるわが真裸にしみとほり**ありがたき**かも真陽のしたたり（連体）

岡本かの子
『浴身』

前の棟より駆け出でて空色のランドセル一点**潔し**雨の朝の（終止）

日野　きく
『勿忘草』

潔く大切なものも一掃し澄み渡る空　ぽかんと一人（連用）

王生　令子
『夕暮れの瞼』

「リングロープ」プロレスのリング備え付けられたロープ。

作者名（いくるみ　れいこ）

夜もすがら契りしことを忘れずは恋ひむ涙の色ぞ**ゆかしき**（連体）

藤原　定子
『後拾遺和歌集』

鶏が鳴くあづまの国のをのこなればみやことばを**ゆかし**とぞ聞く（終止）

稲葉　実
『いなばの山の…』

嫌だった短い睫毛が粉雪を受け止めるような君との出会い（連用）

三原由起子
『ふるさとは赤』

竹たちに**嫌な**雨やなぁと言わしめし母の気鬱が乗り移りきぬ（連体）

永田　淳
『光の鱗』

月を壊し舌に絡ます**欲ぶかき**わたしは胃の腑を灯らせんとす（連体）

鈴木　英子
『喉元を』

歌作る心遊びの吾をすら意地の**きたなき**ものに思ひぬ（連体）

五味　保義
『病間』

「すがら」はじめから終わりまで、ずっと。

「鶏が鳴く」「あづま」にかかる枕詞。

生卵とは言わぬが花。

ミカヅキモ**きもいきもい**と顕微鏡かわりばんこに覗いた五月（終止・終止）

山田 航
『寂しさでしか殺せない最強のうさぎ』

性悪の草の葉にして春の午後我の人差し指を切りたり（語幹）

三井 修
『天使領』

AはB、BはAだとはぐらかす**底意地悪き**辞書にまた会う（連体）

鈴木 陽美
『スピーチ・バルーン』

吠えるぞと思ふに犬の口もとが**憎げに**動きあと凄き声（連用）

奥村 晃作
『現代の短歌』

「ミカヅキモ」三日月藻。単細胞生物で、体長は0.2〜0.4ミリ、光合成で生きる藻類、湖沼等に棲む。細長く湾曲し、両端が窄まって三日月のような形状。

感覚

視覚

清水《きよみず》へ祇園《ぎをん》をよぎる櫻月夜《さくらづきよ》こよひ逢ふ人みな**うつくしき**（連体）
与謝野晶子『みだれ髪』

律動するあたらしき表情きみは持つ**美しけれ**ばわれを隔てて（已然）
小野　茂樹『羊雲離散』

血と雨にワイシャツ濡れている無援ひとりへの愛**うつくしく**する（連用）
岸上　大作『意志表示』

投下する者の瞳に輝きて**美しかり**けん広島の川（連用）
松村　正直『やさしい鮫』

滝を落つるげに**うつくしき**蝶の羽根雷雨は誰の言葉であるか（連体）
山田富士郎『アビー・ロードを夢みて』

美しいノートを買おうひらひらとさやぐ言の葉仕舞うノートを（連体）　石井美智子『音叉』

音楽は水だと思っているひとに教えてもらう**美しい**水（連体）　岡野大嗣『音楽』

絶海の胸裂くばかり**美しい**夕映えをモアイの馬面と（連体）　原詩夏至『レトロポリス』

冬晴れの雪の平原**うつくしく**あれば絵の具を垂らしてみたし（連用）　服部崇『新しい生活様式』

いつくしき雲は夕陽をあびてをり受洗図の青さびしかりけり（連体）　江田浩司『孤影』

いつくしき初日のかげよこの年は教員として吾を立たしめ（連体）　馬場英雄『木漏日』

「モアイ」南太平洋イースター島にある巨大な石像。先住民が祖先の像を刻んだものと考えられ、数百体が現存。

「受洗図」洗礼を描写した図画。

さらば君氷に咲ける花の室《むろ》恋なき恋を**うる**
はしと云へ（終止）　　山川登美子『恋衣』

逢える日に一番**綺麗に**なれるよう逆算しなが
ら今日爪を切る（連用）　　高田ほのか『ライナスの毛布』

月が**きれいな**ほどに寒くて光る目で友と笑い
ぬ冬空の下（連体）　　花山　周子『風とマルス』

飲み会の妻を思ひて割り箸を割れば**きれいな**
月が出ている（連体）　　田村　元『昼の月』

竹は目をつむって見ても**きれいだ**と今度は言
おう雲のない日に（終止）　　大森　静佳『ヘクタール』

ふるさとで**綺麗な**着物をきて生きる　おほよ
そのことはあとのゆふぐれ（連体）　　笹原　玉子『偶然、この官能的な』

空と海を一つにゆるき地球《テラ》の円をあを**くきや**
かに視界を外る（連用）

御供　平佶
『傘』

桜桃は実のなるさくら、はなももは花**美《は》しき**
桃　君が教へし（連体）

大辻　隆弘
『樟の窓』

宿世とう**美《は》しき**ふた文字沈香《じんこう》の細き煙のかな
たに揺れる（連体）

大久保春乃
『まばたきのあわい』

戦場と戦場の合い間に開高健素蛾《トーガ》に溺るるそ
の**美《は》しき**闇（連体）

田村　広志
『捜してます』

手術せし膝の映像かかげられ未知なる人工の
わが骨ぞ**美《は》し**（終止）

菊地原芙二子
『言葉の小石』

あな**醜《みにく》**賢《さか》しらをすと酒のまぬ人をよく見れ
ば猿にかも似る（語幹）

大伴　旅人
『万葉集』

「宿世」すくせ。過去の世。前世。また、前世からの因縁。

「素蛾」戦地で出会った女性の名。

「賢ら（さかしら）」利口ぶること。「（〜を）す」それをする。

聴覚

――。そしてなお、空にも虚構あるごとく**朗々**として雲そそりたち。（連用）　村木道彦『天唇』

かん高き声よみがえるベランダにシーツ幾枚取り込む晩夏（連体）　石井美智子『音叉』

夕暮れの**甲高い**声の反響を車輪に巻いて去ってゆく（連体）　髙橋みずほ『髙橋みずほ集』

東《ひんがし》に**高き**槌音　魂が相呼ぶごとく西にてこだます（連体）　松井純代『明日香のそよ風』

つきまとう蠅**うるさし**と振り回す扇子　竜舌蘭で織りたる（終止）　五賀祐子「環」

「――。」は言外の感動を表現している。

「竜舌蘭（りゅうぜつらん）」メキシコ原産の常緑多年生多肉植物。

雪降れば雪積む木々をよしとせむ此の**うるさ**
き国に住みつつ（連体）
小暮 政次
『春望』

夢に見る妻はたいてい元気なり笑ふ、酒のむ、
うるさくしやべる（連用）
桑原 正紀
『妻へ。千年待たむ』

けたたましく百舌鳥《もづ》が鳴くなり路ばたには曼
珠沙華もえてこの里よき里（連用）
木下 利玄
『みかんの木』

脱穀機おと**けたたましく**麦つぶのはねかへる
中に汗ふきあへぬ（連用）
土岐 善麿
『秋晴』

棲み人の一夜に消えて**轟然たる**静寂に包まる
その家（連体）
佐藤 通雅
『連灯』

耳敏くなりゆく夜更けを身の淵の朦《くら》きより聴
こゆ「星屑の町」（連用）
島田 修三
『秋隣小曲集』

「星屑の町」三橋美智也による1962年の歌謡曲。2020年の映画で再燃。

静閑な書斎シャワーとトイレとが地続きなの
は許せないけど（連体）
大田　美和『とどまれ』

嗅覚

なまぐさき生類《しやうるゐ》はみな飛び散れと凛《り》凛《り》とひ
びきて雹降り来る（連体）
齋藤　史『うたのゆくへ』

春になり魚《さかな》がいよいよ**なまぐさく**なるをお
もえば生きかねにけり（連用）
前川佐美雄『植物祭』

夕立のあと**なまぐさく**なる街にきみの傷から
かけのぼる虹（連用）
佐藤　弓生『薄い街』

ふともも科常緑高木蕃石榴《ばんじろう》高さ五メートルそ
の実**美味**《びみ》といふ（語幹）
高野　公彦『渾円球』

それほどに**うまき**かと人のとひたらばなんと答へむこの酒の味（連体）
若山　牧水 『白梅集』

赤き汁したたるステーキ　うむ**旨し**マンモスもかつてかくうまかりけん（終止）
栗明　純生 『はるかな日々』

うまそうに空色の風を咀嚼するシーサーという草食の獅子（連用）
井辻　朱美 『クラウド』

どっちつかずの身をもてあます**美味しく**も**美味しく**なくもなき薄荷飴（連用・連用）
栗原　寛 『鏡の私小説』

鋭角に汽笛は鳴りて**甘き**眼がいつまでも胸に残りたりけり（連体）
三宅　勇介 『える』

重ね来し思いの幾つにれがめばほのかに**甘く**壮年はあり（連用）
大下　一真 『即今』

「シーサー」沖縄の屋根瓦などにつける焼物や漆喰性の唐獅子像。魔除け。獅子さんの意。

「にれがめば」反芻すれば。

庭に摘みおんこの赤き実を食みぬ伯母を偲べばほのかに**甘し**（終止）

沢口　芙美　『変若《をち》かへる』

あまずつぱく熟れ燃ゆつぶつぶゆすらうめ青年邦雄の恋慕をゆする（連用）

南　輝子　『WAR IS OVER! 百首』

おもむろにまなこ閉ずれば一きれの**塩からき**世は消えてゆくなり（連体）

山崎　方代　『右左口』

鹹《しほはゆ》き水がわれへと来て濡らすかつて海なりしを忘れて（連体）

高木　佳子　『玄牝《げんぴん》』

いくたりの童貞を奪ひ来し鬼女の相あるは夏柑の**酸ゆき**好めり（連体）

大塚　陽子　『酔芙蓉』

漆黒の翼はひしとたたまれて**酸ゆき**深夜の雨に光るよ（連体）

小佐野　彈　『メタリック』

「おんこ」常緑高木イチイの別名。

「鹹き」からい。しょっぱい。

「酸（す）ゆき」すっぱい。

豆を挽く粗い音より立ち上がる**酢ゆき**コーヒーかぐわしい朝（連体）
武田　素晴
『風に向く』

経は**にがし**春のゆふべを奥の院の二十五菩薩歌うけたまへ（終止）
与謝野晶子
『みだれ髪』

ふるさとの訛りなくせし友といてモカ珈琲はかくまで**にがし**（終止）
寺山　修司
『空には本』

柹《かき》の実のあまきもありぬ柹の実の**しぶき**もありぬ**しぶき**ぞうまき（連体・連体）
正岡　子規
『竹乃里歌』

実際はただ**まずい**だけのコーク・ハイ掃除をサボり行く喫茶店（連体）
森本　平
『森本平集』

「モカ珈琲」アラビア半島イエメン産の豆を使った珈琲。かつて同国のモカ港から輸出されていた。

「コーク・ハイ」コークハイボール。ウイスキーをコーラで割った飲み物。

嗅覚

かぐはしき楓の空気吸ひて立つ生きよと人の
言ひて来しかば（連体）
相良 宏
『相良宏歌集』

かんばしい、まぶしい、あおい、樟の木の下で
目覚めたすこし泣いてた（終止）
佐藤 弓生
『薄い街』

土足で踏み込まれてみたい四畳半**香ばしい**ほ
ど西日に焼けて（連体）
鈴木美紀子
『金魚を逃がす』

真夏日のつづくおどろやわが内部灼かれて荒《すさ》
む推移**かうばし**（終止）
小中 英之
『わがからんどりえ』

煙草**くさき**国語教師が言うときに明日という
語は最もかなし（連体）
寺山 修司
『空には本』

触覚

ドイツ製チョコ**なめらかに**口中に溶けゆき舌は陶然として（連用）

後藤由紀恵『遠く呼ぶ声』

くれなゐの二尺伸びたる薔薇《ばら》の芽の針**やはらかに**春雨のふる（連用）

正岡　子規『竹乃里歌』

髪《かみ》五尺ときなば水に**やはらかき**少女《をとめ》ごころを秘めて放たじ（連体）

与謝野晶子『みだれ髪』

「ちちのみの」枕詞の語感こそ**柔らかく**して九月尽かな（連用）

桜井　健司『平津の坂』

やわらかなペン先をもて記す名にインクは滲む　あす春が立つ（連体）

永田　淳『光の鱗』

「二尺」尺貫法で約60センチ。1尺は約30センチ。

「ちちのみの」「乳の実の」は同音から父に掛かる。「ちち」は植物の名と思われるが未詳とされる。

いちにちの脂が乗って**柔らかい**ところを喰らい尽くす労働（連体）

寺井奈緒美『うたわない女はいない』

南麓の原生林に土**柔し**生き物の跡まだ新しく（終止）

いずみ　司『もう一杯のスープ』

すべらかな幹として立つ青年のそのまま口を開かずにいよ（連体）

後藤由紀恵『遠く呼ぶ声』

われよりも化粧のうまく**すべらかな**陶器の肌持ちかがやくおのこ（連体）

遠藤　由季『北緯43度』

ふくらなる羽毛襟巻《ボア》のにほひを新しむ十一月の朝のあひびき（連体）

北原　白秋『桐の花』

ふかふかの灰色雲におおわれておだやかにある春待つ空は（語幹）

黒田　初子『メルヘン通り』

生きゆくにあなどりなどはゆるされぬ山羊の
体の意外に**剛**《かた》**し**（終止）

石井　利明
『座棺土葬』

化粧落し**硬き**素顔を現はして魚の半身に塩う
ちてゐる（連体）

角宮　悦子
『ある緩徐調』

気分

すがしかる朝の日光《ひかげ》をこほしみて祈りこころ
に種播く吾は（連体）

前田　夕暮
『耕土』

装甲車踏みつけて越す足裏の**清しき**論理に息
つめている（連体）

岸上　大作
『意志表示』

変幻の空《くう》なるこころ**すがしく**て運河の水を渡
る群雲（連用）

加藤　孝男
『青き時雨のなかを』

「こほしみて」恋ほしみて。恋しくおもって。

ゆふぐれの耳は**敏感**。知りたくもなきことばかり多い世界だ（語幹）
宇田川寛之『そらみみ』

曇り日の午後を**気怠く**吹く風に君は帽子をさらわれている（連用）
高田　薫『永遠に夏』

剪りたての花のつめたき重味《おもみ》をば食後の**たゆき**手にうけにけり（連体）
岡本かの子『浴身』

手も**たゆく**ならす扇の置きどころ忘るばかりに秋風ぞ吹く（連用）
相　模『新古今和歌集』

微熱あるごとくに**懈**《たゆ》**き**月のいろ今宵は蝕といまだ知らざれ（連体）
時田さくら子『鱗翅目』

サバンナの象のうんこよ聞いてくれ**だるい**せつないこわいさみしい（終止）
穂村　弘『シンジケート』

「サバンナ」熱帯草原。雨季・乾期の別がある。丈の高い草が茂り、低木が点在する。

眠い眠いほんたうに**眠い**と思ひつつ眠つてゐ
たり夢の中でも（終止・終止・終止）

桜井 京子
『超高層の憂鬱』

土鳩はどどつぽどどつぽ茨咲く野は**ねむたく**
てどどつぽどどつぽ（連用）

河野 裕子
『ひるがほ』

ねむたくてねむれぬ指で打つキーの音の先に
は詩が待つてゐる（連用）

大西久美子
『イーハトーブの数式』

むかしむかしの恋歌《こひうた》を聴き猫をだき通俗的に
ねむたし春は（終止）

小島ゆかり
『雪麻呂』

なにがなし**ひだるい**こころわく春の漁村は白
くものおともせぬ（連体）

沖 ななも
『衣装哲学』

原色のかなしみをきりきり突きつけるこの画
よ立ちて**ひもじき**ときに（連体）

中城ふみ子
『乳房喪失』

ひもじき一生《ひとよ》なりしか風鈴を冬にもわれはさ
らしたるまま（連体）

角宮 悦子
『ある緩徐調』

屈むのが**しんどく**なれば落としたるペン足指
でつまみ上げたり（連用）

永田 紅
『いま二センチ』

しんどくてぶっ倒れてる。毛づくろいみたい
にカーペットを舐める猫（連用）

田村 穂隆
『湖《うみ》とファルセット』

寒暖

暑ければ花山うどんの冷を食むつるつるつれ
れ館林駅前（已然）

晋樹 隆彦
『侵蝕』

憲法にちなむ三日の今日**暑し**正門前につどう
人たち（終止）

日野 きく
『勿忘草』

。

「花山うどん」明治以来の群馬県館林の名物。「鬼ひも川」で名高い。

暖冬という**なまぬるき**日々にして人生のごと
甘しココアは（連体）
藤原龍一郎
『夢見る頃を過ぎても』

なまぬくき昼さがりにて鷺いちわ川すじを上
へ上へ飛びゆく（連体）
小谷　博泰
『時をとぶ町』

この午後を巷に**ぬくき**雨ふれど恋人たちはい
ずこにひそむ（連体）
岡部桂一郎
『緑の墓』

書きあぐね行き戻りする夕暮れの瀬音**涼しき**
小川のほとり（連体）
下村すみよ
『空色の箋』

春は花夏ほととぎす秋は月冬雪さえて**すずし**
かりけり（連用）
道　元
『建撕記』

ピッパラの葉ずれ**すずしい**須弥山に膝曲げ伸
ばす仏の体操（連体）
高柳　蕗子
『回文兄弟』

。

「ピッパラ」サンスクリット語で菩提樹。

捨てられる覚悟の**涼しい**眼をしてる人形なれ
ば捨てられずいる（連体）
山田　恵子
『月のじかん』

柳葉もその影もまた**凛《すず》やかな**素秋の谷に言葉
はいらぬ（連体）
砂田　暁子
『遠霞』

ゆふぐれに梅雨《ばいう》は晴れて**ひややかに**街しづま
りぬ海底《うみぞこ》のごと（連用）
佐藤佐太郎
『歩道』

宇宙《コスモス》に白き風吹く耐へられぬ**寒き**奥意を埋め
つくすまで（連体）
北村　功
「汀花」

納品の首尾はいかにと言ふときの首**寒し**尾の
おきどころなし（終止）
真中　朋久
『cineres』

うすきグラスに泛びて**凛《さむ》し**たまゆらの夏をさ
やさやゆれる茗荷は（終止）
加藤　英彦
『プレシピス』

冷熱

吾を見る遺影の眼に対ひゐて眼《がん》球《きゅう》**熱く**なるにさからはず（連用）

大山 敏夫
『なほ走るべし』

南高の青梅ひとつひとつ拭く臨月のからだ微妙に**熱し**（終止）

古谷 円
『千の家族』

一枚の家系図に載るわが名前血を継ぐものの**熱き**志《し》を抱く（連体）

中田 實
『奄美』

よりそひて／深《しん》夜《や》の雪の中に立つ／女の右手《めて》の**あたたかき**かな（連体）

石川 啄木
『一握の砂』

四時間の会議を終えたパソコンが体液のごとまだ**あたたかい**（終止）

上坂あゆ美
『うたわない女はいない』

○「南高の青梅」南高梅（なんこううめ）は和歌山県産の梅でその果実は最高級とされる。

家族の誰かが「自首　減刑」で検索をしていた
パソコンまだ**温かい**（終止）

小坂井大輔　『平和園に帰ろうよ』

こんなにも湯飲茶碗は**あたたかく**しどろもど
ろに吾はおるなり（連用）

山崎　方代　『右左口』

持ち帰り牛丼膝に**ほの温し**バスの窓越し街の
昏れゆく（終止）

釣　美根子　「ぷりずむ」

痛さって**冷たい**のとは違うからバンドエイド
の指で触って（連体）

山崎　聡子　『うたわない女はいない』

冷たいと思わないと思われている鮮魚は氷の
上に眠って（終止）

鈴木　晴香　『心がめあて』

ひとの声とおく聞こえる草むらに蛇は**つめた**
き眼《まなこ》とじたり（連体）

木曽　陽子　『夏時間の庭』

手をひたす海**冷たく**て覗けない胸**冷たく**て
六月（連用・連用）
梓　志乃『遠い男たち』

痛痒

犬小舎に月射しをりぬ何か言へ、ここが**痛い**
と言へ、撫づるのみ（終止）
萩岡　良博『禁野』

サイダーは喉が**痛く**て飲めないと飛行機が生
む雲を見上げて（連用）
穂村　弘『ドライ　ドライアイス』

何処がどうと言われても確《しか》と応えられず只々
痛し腰の周辺（終止）
浜田　康敬『「濱」だ』

夜の雨にまじる虫の音わがむねに白刃の如く
いたしつめたし（終止）
九条　武子『金鈴』

目の下を風がとおって**くすぐったい**　ゆっくり起きるゆっくりしゃべる（終止）

永井　祐
『広い世界と2や8や7』

人を待つ駅に立夏の風生まれ類**こそばゆく**神は過ぎたり（連用）

山科　真白
『さらさらと永久《とは》』

印象

雰囲気

風はらむ篠懸の青葉ひるがへり**あからさまな**
る虚実のゆらぎ（連体）

前川　斎子
『斎庭』

鉄骨の**あからさまに**大き組立てを感心し次に
一致して憎む（連用）

前川佐美雄
『捜神』

米倉山の上から見れば右左口の村はさびしく
あからさまなり（終止）

山崎　方代
『右左口』

休止符のかたちに眠る**あどけない**あなたでメ
モリーカードはいつぱい（連体）

大西久美子
『イーハトーブの数式』

マルクスに傾倒せしとう翁にて多弁になれり
あどけなきまで（連体）

荻本　清子
『冬蝶記』

「米倉山（こめくらやま）」府盆地南部の曽根丘陵にある標高380メートルの山。

阿《おもね》りて**あやしき**こゑを笑ふゆゑおぼるるごとく孤《ひと》りとなりつ（連体）　坪野 哲久『櫻』

灯のおよぶこの小世界**妖しき**までかたちさまざまの昆虫つどふ（連体）　上田三四二『雉』

あぢさゐの花毬滲む雨の窓　**アンニュイな**眼になってゆくのだ（連体）　武藤 雅治『鶫』

うららかに光をうけし土佐水木ひかりかがやく菩薩なるべし（連用）　原田 禹雄『金陵邊』

うららけき野ゆ帰り来て足を拭く疲れごころもたぬしかりけり（連体）　金田 千鶴『金田千鶴歌集』

掻き混ぜて回して捏ねてぱちぱちと粘ればまこと**男らしき**よ（連体）　大山 敏夫『醜の夏草』

「アンニュイ」ennui（仏）けだるく、ものうい。

「土佐水木（トサミズキ）」四国地方を原産とし、3月下旬から4月に、黄白色の小花を咲かせる。

納豆とは言わぬが花。

走り根の絡まる上を**おぼつかな**鞍馬《くらま》の山を妻
と歩みき（語幹）

綾部　光芳
『青樊』

その遺産は／内ゲバと言ふ造語のみ／かかる
厳しき総括もあれ（連体）

坂口　弘
『常《とこ》しへの道』

天安門事件の新聞持ち寄れる留学生らの表情
厳し（終止）

秋山佐和子
『西方の樹』

義務的にふる雨滑る傘の肌地面以外の行き先
あげる（連用）

岡田　美幸
『グロリオサの祈り』

ダ・ヴィンチの〈最後の晩餐〉絵の奥の窓には
怪《け》しき昼景色あり（連体）

大塚　寅彦
『ガウディの月』

ことごとく村の掲示は年末年始の礼いましめ
て**けはしかり**けり（連用）

結城哀草果
『すだま』

連合赤軍による山岳ベース事件では、「総括」の名のもとにリンチ殺人事件が行われた。

「天安門事件」1989年6月に中国・北京市にある天安門広場に民主化を求めて集結したデモ隊に対し、軍隊が実力行使し、多数の死傷者を出した事件。

「最後の晩餐」イエス・キリストと12使徒による最後の晩餐を題材としたもの。

ありありと高貴にして孤独なるもの民衆を愛し民衆の中より歌ふ（連用）

高安　国世
『真実』

東京を高踏的な比喩として享けとめてその解を解をと（連体）

藤原龍一郎
『嘆きの花園』

情強《こわ》きわれに疎んぜらるる日も君やらわかき肉《しし》もて眠る（連体）

佐藤よしみ
『風のうた』

岩木山黄砂の空に頂はさわやかならず裾野をひきて（未然）

寒野　紗也
「ふうそう」

吾が門《かど》は通草《あけび》咲きつぎ質素なり日にけに透《とほ》る童《わらべ》らがこゑ（終止）

北原　白秋
『白南風』

早朝を憎がそろりと草抜くは重厚ならず腰痛のゆえ（未然）

大下　一真
『漆桶』

「高踏的」俗世間を離れて、孤高を保っているさま。転じて、ひとりよがりでおたかく構えているさま。

「岩木山（いわきさん）」青森県に位置する火山で標高は1625メートル。日本百名山に選定されている。

すずろなる昼の歩行のひとりごと吸ひたるマスク湿りを帯びて（連体）

小林　幸子
『日暈』

四肢伸ばし浮けるなかぞら、**せわしなき**足音声音も下界のことなり（連体）

鈴木　英子
『喉元を』

一期とはかく**鮮明なれ**鳴きつくし羽ぼろぼろの虫のなきがら（命令）

蒔田さくら子
『鱗翅目』

今やかの三つのベースに人満ちて**そぞろに**胸のうちさわぐかな（連用）

正岡　子規
『子規歌集』

ゆるやかな坂を歩めばたどりつく新薬師寺の本堂**つましき**（連体）

本木　巧
『夕べの部屋』

とめどなくあふれる樹液　いつだって泣けるおんなはからだで泣ける（連用）

吉村実紀恵
『異邦人』

「三つのベースに人満ちて」野球で走者満塁の状態。

「新薬師寺」奈良県にある華厳宗の寺院。国宝の本堂や十二神将像をはじめ、多くの文化財を伝える。

パーカーの万年筆で紙に記せば少しは**ハイカラなうたつくれるか**（連体）　室井　忠雄　『起き上がり小法師』

一等星わっと出そろう冬空の**華やかなる**をどこへかえらな（連体）　遠藤　由季　『北緯43度』

ゆるやかにだらりの帯のうごく時**はれがまし**やと君の云ふとき（終止）　吉井　勇　『祇園歌集』

ゆけ秋のすべての響き　みず渉るこえ**晴れやかに**戦意を抱きて（連用）　金川　宏　『アステリズム』

毎日を髭剃ることなくなりて**無精無頼**の錆び噴く剃刀（語幹）　萩岡　良博　『漆伝説』

親子三人**安けき**ところと遊びたる庭に日本の灌木が根づく（連体）　島田　修二　『花火の星』

「パーカー」イギリスの高級筆記具ブランド。

「だらりの帯」だらり結びにした帯。現代では京都の舞妓にみられ5〜6メートルあるといわれる。

「灌木」低い木。ふつう高さ約2メートル以下の樹木。

その月と同心圓の君なれば蝕の光の**やはらかき**かな（連体）

堀田　季何

『惑亂』

ロールケーキの表皮のように**やわらかく**匂える肌えのなかにある棘（連用）

加藤　孝男

『青き時雨のなかを』

共感

老松の如くに吾は**あらまほし**きららなる雪幹に宿して（終止）

稲葉　実

『いなばの山の…』

みわたせば水**おほからに**ながれたり秋の隅田のひるのかがやき（連用）

尾山篤二郎

『さすらひ』

路次《ろじ》ぬけて川波の照り**まともなり**まかげをすれば船あまた見ゆ（終止）

吉植　庄亮

『寂光』

「同心圓」中心を共有する二つ以上の円。

「あらまほし」望ましい、好ましい、理想的であるの意。

夕暮れのイオンのレジは**忙しき**人らが並び迷子の心地す（連体）　富田睦子『声は霧雨』

いたいたしきをとめとぞなりその母に似るをりをりの沈黙あはれ（連体）　秋葉四郎『極光―オーロラ』

迷彩をまだ保《も》つ屋根が**いたいたし**木枯のなか夕づくまちに（終止）　木俣修『冬暦』

快調にペリカン翔《か》ける月の夜をボトルインクは尽きて替えなし（連用）　石川幸雄『百年猶予』

鉛筆でごく**簡潔に**描く地図の星のしるしのところへ向かう（連用）　鈴木加成太『うすがみの銀河』

伸縮のやや**自在なる**わが身体せまき座席に肩を窄めぬ（連体）　後藤由紀恵『遠く呼ぶ声』

「ペリカン」ドイツの老舗筆記具メーカー。

足の下に**縦横無尽に**洞穴の掘られゐるなり東京のまち（連用）

花鳥　佰
『逃げる！』

行手ふさぎ**真剣な**願いあるというたかだかメシに星の瞳《め》使うな（連体）

豊岡裕一郎
『猫とネコぎらい』

愛さるるために**絶対に**愛するなとそそのかしきて夜の坂にたつ（連用）

生方たつゑ
『白い風の中で』

態度

飲まざれば淋しく固し酒のめば**浅ましく**して動くわが口（連用）

毛利　文平
『時計』

観音の厨子の扉をひらきたる案内少女**うやうやしかり**（連用）

中野　菊夫
『幼子』

作者名（かとり　もも）

「うやうやしい」相手を敬って、礼儀正しく丁寧であるの意。

うつし世の闇にむかって**おおけなく**山崎方代と呼んでみにけり（連用）　山崎　方代『迦葉』

だから不安は笑ひを欲す　**おほけなき**わらひをわらへ赤あまりりす（連体）　日高　堯子『空目の秋』

愛すとはついに言わねば　炊き出しの飯**ぎこちなく**われは受けるを（連用）　福島　泰樹『バリケード・一九六六年二月』

希臘には七月の雨、靴屋わが靴に**鞠躬如と**脂して（連用）　塚本　邦雄『緑色研究』

起きあがりこぼうふしのやうに**健気なる**少女の素姓も噂されをり（連体）　角宮　悦子『白萩太夫』

八カ月になんなんとして　渉るは殆ど被災地の**けなげな**行為（連体）　松木　鷹志『蘇れ、木群』

「おおけない」身のほどをわきまえない、大胆である、大それている。またはおそれ多い。もったいないの意。

「鞠躬如（きっきゅうじょ）」身をかがめて、つつしみかしこまるさま。

復旧とは**けなげな**言葉さはあれど喪《うしな》ひしも
のつひに帰らず（連体）

長谷川　櫂
『震災歌集』

絵がらすの鳥や花らににじみ降る雪、**さりげ**
なき別れの時の（連体）

塚本　邦雄
『水葬物語』

丁寧に包めるものを**さり気なく**捨てし女とす
れちがいたり（連用）

武藤　敏春
『鶲鳴く』

いのちありて子は生れたり夜の巷《ちまた》歩めばわ
れのこころ**虔《つつま》し**（終止）

来嶋　靖生
『月』

ホチキスで今日と明日を繋ぎとめ**涙ぐましく**
笑うのでした（連用）

森本　平
『森本平集』

のびやかなベームの「田園」聴きながら朝の菜
園ニンジン間引く（連体）

園田　昭夫
『少しだけ苦い』

控へめな嫌味だつたな甲羅越しに触れるくらゐが精一杯の（連体）　石川美南『架空線』

別れれば独りで歩む背を見つつ母は**ひたぶる**と思いくるるか（連用）　間ルリ『それからそれから』

妻子なく病むを羨しと言はれをり**ほしいままなる**蝌蚪のかたはら（連体）　滝沢亘『断腸歌集』

空想を**恣**《ほしいまま》にせるひとときが小《こ》一時間ばかりも過ぎてをりたり（連用）　小池光『静物』

黒屋根の北勾配を　**恣**《ほしいまま》白雨駆けたり　美少年なり（語幹）　黒沢忍『遠《えん》』

二日酔いの無念極まるぼくのためもっと電車よ　**まじめに**走れ（連用）　福島泰樹『バリケード・一九六六年二月』

「ほしいまま」思いのままに振る舞うさま。自分のしたいようにするさま。

「白雨（はくう）」雲がうすくて明るい空から降る雨。ゆうだち。にわか雨。

わが手にて世話するモノの殖ゆること時に**ま**
めなる源氏のきぶん（連体）

野一色容子
『二月生まれの三月ウサギ』

腕時計しない右手は**無防備に**も或いは自由に
もみえる時ある（連用）

熊谷　龍子
『葉脈の森』

水を飲むときどこまでも**無防備に**揺れて鳴り
続ける春の喉（連用）

荻原　裕幸
『永遠よりも少し短い日常』

土移す人ら軍手とシャツの間の素肌は画面に
あまりに**無防備**（語幹）

佐波　洋子
『種子のまつぶさ』

気儘

居丈高な依頼のとどく火曜なり切手は弱者で
お貼りください（連体）

中沢　直人
『極圏の光』

スカジャンのワシの刺繍《ししゅう》ぞ**内弁慶**のアプリあの世をブイブイ歩く（語幹）

せおさえこ『アプリ、ハウス！』

歩道橋から見下ろせば誰も誰も**虚ろな**制服揺らしておりぬ（連体）

中井スピカ『ネクタリン』

頑是無く国ひとつ欲《ほ》るそのさまもとてもいとしく思いますから（連用）

松野志保『われらの狩りの掟』

臨月の獣は謎なり魔物なりきゃっと引っ掻くただ**気紛れに**（連用）

武藤ゆかり『とこはるの記』

気ままなるカラスアゲハは境界を越えなむとすも卓の遥かを（連体）

玉城徹『汝窯』

ぐうたらに酔へど友どち情かはす歳《とし》忘れ会名などは要らぬ（連用）

松木鷹志『蘇れ、木群』

「アプリ」愛犬の名。

「頑是無く」幼くて物の道理がよくわからないさま。あどけないさま。無邪気。

がむしゃらに自分が嫌い五十枚一気につらぬく穴あけパンチ（連用）
中井スピカ
『ネクタリン』

まぎれなく殺意はありて雪をんなが**執拗に**逐ひつめる凍蝶（連用）
長谷川莞爾
『遍路笠』

シニカルな視線を駱駝はわれに投げ冬を噛むがに草を食みおり（連体）
松村　威
『影の思考』

自分勝手なをんなのやうにむらさきのもくれんの花ひらき散りゆく（連体）
一ノ関忠人
『木ノ葉揺落』

耳取れしコーヒーカップをいつまでも細かく砕くまこと**執念く**（連用）
さいかち真
『浅黄恋ふ』

とんちんかんな夫との会話のひと日終えわが悲しみは軽し明るし（連体）
菊地原芙二子
『言葉の小石』

「凍蝶（いてちょう）」冬季まで生きながらえた蝶。寒さのため凍てついたようになる蝶。

「シニカル」皮肉な態度をとるさま。冷笑的。嘲笑的。シニック。

「執念く（しふねく）」執念が形容詞化したもの。執着心が強い。執念深い。

ブリキ罐が**はらだたしげに**われをにらむつめ
たき冬の夕暮のこと（連用）

宮沢 賢治
『宮沢賢治全集』

Hystericalな近代都市に住むゆえに葡萄酒色
のIronyはある（連体）

沖 ななも
『衣装哲学』

不機嫌なあたしの気持ちキラキラと海の彼方
にはねているのは（連体）

水門 房子
『ホロヘハトニイ』

いずこより来たれる蟇《ひき》か夕庭に所得ざりし貌
憮然たり（終止）

石田比呂志
『涙壺《るいこ》』

身勝手な鳩が棲みゐる鳩時計ぱぽぱぽぱぽと
ずれて鳴くなり（連体）

宮本 永子
『雲の歌』

「Hysterical（ヒステリカル）」ヒステリーを起こしているさま。異常に興奮しているさま。

性格

几帳面な人よハンカチ携へきて病院のベッド
の枕辺に**置く**（連体）

王　紅花
『窓を打つ蝶』

生真面目に軽さを演じる君がキライＡＫＢの
うちわを持って（連用）

王生　令子
『夕暮れの瞼』

つくづくと**愚直に**並ぶ大銀杏わたしの軋む心
を知らず（連用）

安藤　美保
『水の粒子』

ＦＦ外から失礼しますとゆふぐれの芙蓉が
シャイな声で囁く（連体）

荻原　裕幸
『永遠よりも少し短い日常』

硝煙の立ち込める部屋　明日という幻に**従順**
である筈もなく（連用）

吉村実紀恵
『バベル』

「ＦＦ」ＳＮＳでフォローしている・フォローされている（フォロワーになっている）関係のこと。

待ち合わせ遅れたわけを**正直に**「大山の打席が見たかった」（連用）
池松 舞
出典は下記

袷には下着重ねようとうるさく言ふ者もなくなりぬ**素直に**着よう（連用）
土屋 文明
『青南後集』

この夕べ二人《ふたり》あゆめば言ふことのただ**素直なる**をとめなりけり（連体）
柴生田 稔
『春山』

たまさかの夫のかたはら冬畳　お茶いれ置けば**素直に**のみぬ（連用）
日高 堯子
『空目の秋』

誠実なるインテリゲンチヤの告白と聞く間に席を立つ大学生女子学生（連体）
高安 国世
『真実』

いつよりか苺つぶさず吾は食む老いて**短気に**なりし証《しるし》か（連用）
雁部 貞夫
『鮎』

『野球短歌　さっきまでセ界が全滅したことを私はぜんぜん知らなかった』

「インテリゲンチヤ」ロシア語で知識階級のこと。

つつましきみちのくの人哀しけれ苦しきとき
もみづからを責む（連体）

長谷川　櫂
『震災歌集』

マイワシの目は**真正直に**銀色のぴらきらの身
を牽引しゆく（連用）

鈴木　英子
『喉元を』

せがまれて校庭にどんぐりをひろひをり子は
われとゐて**無心に**遊ぶ（連用）

中野　菊夫
『幼子』

無心に擦る硯の墨の液体に心身ともにしみて
ゆくなり（連用）

髙村　正広
『雲よ聞け』

一日を荒れて詩歌へ立ちむかふきさらぎ神《しん》の
ゆくへ**凛凛たれ**（命令）

小中　英之
『わがからんどりえ』

心情

たった半日ネオンを消して**そらぞらし**偽善的エコを呼びかくる都市（終止）

晋樹　隆彦『侵蝕』

御神籤に凶をひきたり**退屈な**われの明日を少し揺らして（連体）

桜井　京子『超高層の憂鬱』

鍋囲む男らがいて**端然と**あいつは山の話している（連用）

坪内　稔典『雲の寄る日』

端的に言えばわかきが想念のごとしもかなた雲わきあがる（連用）

村木　道彦『天唇』

思ひ出は孔雀の羽《はね》とうちひらき飽くなき**貪婪**《たんらん》の島にかへらむ（語幹）

前川佐美雄『大和』

「端然（たんぜん）」姿勢などが乱れないできちんとしているさま。

「貪婪（たんらん）」ひどく欲が深いこと。また、そのさま。

学生の綻んだ顔見むとして我は**拙き**冗談も言ふ（連体）

河路　由佳
『日本語農場』

何をして暮しゐるかと人の問ふ**唐突に**して暫しとまどふ（連用）

吉田　正俊
『朝の霧』

別れとは**たうとつなら**で此れの世に出会ひし日よりすでに定まる（未然）

徳高　博子
『わが唯一の望み』

とおくから見ると桜は光ってる　着信がある**にぎやかな**春（連体）

永井　祐
『日本の中でたのしく暮らす』

野はうづの枝切るをとめ隠されし庭の小花を前に出だしぬ（語幹）

針谷　哲純
『抒情青橋』

形見なる寝巻の浴衣われ着るに弟はいよよ遠く**はかなし**（終止）

窪田章一郎
『ちまたの響』

ここでいう「野はうづ（野放図）」とは際限のないこと。

はかなしや病ひいえざる枕べに七日咲きたる白百合の花（終止）

萩原朔太郎「辞世」

ゆく水に数書くよりも**はかなき**は思はぬ人を思ふなりけり（連体）

在原業平『伊勢物語』

とびはねて君がバナナをもぐたびにすすり笑う**不憫な**妹さん（連体）

高柳蕗子『高柳蕗子全歌集』

いつか来むその日のためにと**不要なる**薬とともに避妊具もとむ（連体）

萩岡良博『漆伝説』

放恣なる午後目前にさがりくる遮断器ゆらり揺れてとまれる（連体）

沖ななも『衣装哲学』

めづらしや花の寝《ね》ぐらに木《こ》づたひて谷の古巣《ふるす》をとへる鶯《うぐひす》（終止）

紫式部『源氏物語』

「すすり笑う」あざけり笑うこと。嘲笑。

「放恣（ほうし）」気ままでしまりのないこと。勝手でだらしのないこと。

愛でたりし珍《めづら》切手を葩《はなびら》のやうに散らせり
父の棺に（語幹）

笠井　朱実
『ふらんすひひらぎ』

街路樹のしづくある時は一斉にしたたり落ち
てものものしけれ（已然）

秋葉　四郎
『極光ーオーロラ』

安危

あやふくも南十字星にぶらさがる悲しきろか
も死にきれぬひと（連用）

南　輝子
『WAR IS OVER! 百首』

陥入の記憶あやふし夜の雲　原初の腸《わた》よわが
塋域よ（終止）

武田　肇
『短歌史または夜の雲』

夜の夢に仮面つけゐてわがあやふし男、女、
鬼、鈴ふればなほ（終止）

成瀬　有
『流されスワン』

「南十字星」（みなみじゅうじ座）現代の88星座の一つ。日本国内では沖縄県、小笠原諸島などで観望可能。

「陥入（かんにゅう）」ある物が他の物の中に陥ること。
「塋域（えいいき）」墓場。墓地。

テーブルをなぞれば**粗く**ざらついた感情が指にはりついてくる（連用）
大辻 隆弘 『樟の窓』

あるときは枇杷の香りの物質ができてしまった**危険な**ワーク（連体）
五賀 祐子 『仙崖集』

しのびやかに夕べの雲ののびてくる葛の草蔓《くさつる》うごかぬ上を（連用）
日高 堯子 『空目の秋』

忍びやかにけもののよぎる束の間の移り気よ春の雨温くふる（連用）
中城ふみ子 『乳房喪失』

渾沌

空想の秋は**おどろと**空が澄みさしも男のはだ緊《し》まるかな（連用）
村木 道彦 『天唇』

「おどろ」草木が乱れ茂っていること。髪などの乱れているようす。

春鳥《はるどり》はまばゆきばかり鳴きをれどわれの悲しみは**渾沌《こんとん》と**して（連用）
前川佐美雄
『紅梅』

神のごと振る舞ひて人は神となり神が溢れてやがて**混沌**（語幹）
藤田　初枝
『髪を切りにゆく』

さかしまなハートの翅の澄み透る虎杖《いたどり》の実は月を待ちなむ（連体）
國清　辰也
『愛州』

さかしらに泡立つこころ押し殺し夜叉の眼《まなこ》に凝《こご》る三日月（連用）
前川　斎子
『斎庭』

さだかには見えねど紅き花咲くは流れのはやき土岐川に沿ふ（連用）
外塚　喬
『鳴禽』

職を得し誰にも祝い言われつつ失いしものまだ**さだかに**ならず（連用）
清原日出夫
『流氷の季』

「さかしま」道理に反すること。また、そのさま。

この作の「さかしら」は、よけいな世話を焼くこと。出しゃばること。おせっかい。さし出口をきくこと。讒言（ざんげん）。

田の上でV字飛行を続けおり**さだかなら**ねど
小さきこうもり（未然）
松井純代『明日香のそよ風』

思ひ出でてもしも尋ぬる人もあらばありとな
いひそ**定めなき**世に（連体）
行尊『新古今和歌集』

雑然としたる神田に停車せり　昨夜九時まで
働けるところ（連用）
生沼義朗『空間』

死にいたる経緯**さまざまに**おもへども肯ひが
たきことありいまも（連用）
林田恒浩『風の挽歌』

職場には「思想」はいらず〈**さまざまな**意見〉が
ありて会議華やぐ（連体）
田村元『昼の月』

夢はいつもかなしく**抽象的な**もの波はわたし
をのみこんでゆく（連体）
高田薫『永遠に夏』

「行尊」平安時代後期の天台宗の僧侶、歌人。平等院大僧正とも。

死獣の血凝固するまで見て帰る街を**風雅な**屋台が走る（連体）

田島　邦彦
『晩夏訛伝』

視線

花の色はうつりにけりな**いたづらに**わが身世にふるながめせし間に（連用）

小野　小町
『古今和歌集』

厳かに身を反したる錦鯉花の筏の一瞬の乱（連用）

雅　風子
『砂時計』

さかな焼く農家の暮に山羊の額《ぬか》**おごそかに**映ゆる何の　碑《いしぶみ》（連用）

前　登志夫
『子午線の繭』

来し方も行く末もあるは**おそろしく**泡だちて寄せる水を見てゐつ（連用）

真中　朋久
『cineres』

（百人一首）「いたずら」とは 存在・動作などが無益であるさま。役に立たないさま。むだ。何もすることがないさまなど。

オルゴールみたいに白くて**おっかない**大王埼
灯台を見にゆかないか（連体）
正岡　豊
『白い箱』

健啖な神の朝餉ははじまりぬ山の端の空さび
あさぎいろ（連体）
上村　典子
『アペリティフの杯』

孤独《こどく》なる姿惜しみて吊し経《へ》し塩鮭も今日ひき
おろすかな（連体）
宮　柊二
『小紺珠』

のちの世はよみひとしらずの詩となりて**こど
くな**あなたの灯火の友に（連体）
笹原　玉子
『偶然、この官能的な』

健康な手に分けられて**壮んなり**その燃ゆる赤
の檜扇水仙（終止）
川田由布子
『水の月』

冬木なる檀《まゆみ》に残る赤き実をついばむカラス
どこか**しをらし**（終止）
忍足　ユミ
「滄」

「健啖（けんたん）」とは好き嫌いなくよく食べること。食欲が旺盛なこと。

「檜扇水仙（ひおうぎずいせん）」アヤメ科の多年草。南アフリカ原産で、観賞用に栽培される。

車椅子で**自由自在に**駆け回る特養ホームに祖
母九十七（連用）

田中　律子
『プリーズ・コール・バック』

鈍重な牛ひっぱたき歩ませる八億の中の一人
の農夫（連体）

河路　由佳
『日本語農場』

ムーミンが傘差し歩く背景に**何気なく**あり電
話ボックス（連用）

小林　幹也
『九十九折』

風落ちて**平たく**なれるゆふぞらにぎんがみか
ざし子は切りはじむ（連用）

栗木　京子
『中庭《パティオ》』

偶数が並ぶケイタイ番号はまるまるまるとして**ふ
くよかで**ある（連用）

浅川　洋
『渚』

首紐を解かれて野辺を駆けまはる犬がこんな
に**不自然に**見ゆ（連用）

目黒　哲朗
『生きる力』

「八億の」1990年代の中華人民共和国の人口を言う。現在は14億人余といわれる。

「ムーミン」トーベ・ヤンソンの「ムーミン・シリーズ」と呼ばれる一連の小説と絵本の主人公。

若冲の鯉魚はとびあがる形にて**ふてぶてしき**黒きもの聳立す（連体）
本多　稜『蒼の重力』

初夏の帽子屋きみの夢に来て**みずみずし**明日を予感する目は（終止）
佐佐木幸綱『群黎』

プールサイドにていもうとがさしのばす腕《かひな》、鋼《はがね》のごと**みづみづし**（終止）
江畑　實『梨の形の詩学』

みづみづしき相聞の歌など持たず疲れしときは君に倚りゆく（連体）
石川不二子『牧歌』

をりふしに訪ひくるものは**みづみづしき**光をもちてせまる欲情（連体）
大野　誠夫『薔薇祭』

女に生れ来しことも肯《うべな》ひて時に**優しく**紅などもも選る（連用）
富小路禎子『未明のしらべ』

「若冲（じゃくちゅう）」（伊藤若冲）江戸時代の画家。1990年代以降、その超絶した技巧や奇抜な構成などから一部愛好家から注目を浴び、その人気に火が付いた。

強い日本よりも**やさしい**日本《にっぽん》がいいな爺婆《ぢぢばば》に
とくに**やさしい**（連体・連体）

外塚　喬
『鳴禽』

バーバリーのコートの内に秋を抱き午前零時
の街に**やさしい**（終止）

梓　志乃
『遠い男たち』

萌黄色の**やさしき**刻を揺蕩いてやがて若葉に
なりゆく　森は（連体）

熊谷　龍子
『葉脈の森』

やさしさが毒となるまで**やさしかる**ひとりを
夏へ置き去りにする（連体）

武下奈々子
『樹の女』

医師の手も美容師の手も**優しかり**われに触れ
くるその仕事の手（連用）

吉田　理恵
『君が坂道駆けくれば』

「バーバリー」イギリスを代表するファッションブランドの一つ。

「揺蕩う（たゆたう）」あちらこちらとさだめなく揺れ動くこと。

閑静

ウイルスのお蔭と小さき声はせりごく**簡素なる**今日の葬りに（連体）
小笠原和幸『黄昏ビール』

簡素にてあれよこの後の我の生やさしきことをのみ思いつつ（連用）
三井 修『天使領』

けやすきをいとはむいまか虹となりて君のひとみにうつりてやまむ（連体）
与謝野晶子『みだれ髪拾遺』

執務するかたわらにしも退任の身辺整理**粛々**すすむ（語幹）
丸山三枝子『街路』

艶があり輝いてゐる孤独が好き**深閑と**ある夏の真清水（連用）
伝田 幸子『冬薔薇《ふゆさうび》』

「粛々」ひっそりと静まっているさま。おごそかなさま。厳粛なさま。威厳をもって物事を行うさまなど。

「深閑」とは物音一つせず、静まりかえいるさま。

しんしんと雪降り霧らす夜《よ》の街に軍靴《ぐんくわ》の音《おと》は
ひと時続きぬ（連用）

木俣 修
『高志』

シンプルな調理がよろし金色のかつお出汁に
て炊く春キャベツ（連体）

富田 睦子
『声は霧雨』

クマザサの繁み分け入り**閑かなる**淵にひそめ
る山女魚、幽暗（連体）

一ノ関忠人
『木ノ葉揺落』

久方《ひさかた》のひかり**のどけき**春の日にしづ心なく花
のちるらむ（連体）

紀 友則
『古今和歌集』
（百人一首）

世の中に絶えて桜のなかりせば春の心は**のど**
けからまし（未然）

在原 業平
『古今和歌集』

口どけを**ひそかに**たしかめあうような言葉の
微熱おぼえていますか（連用）

鈴木美紀子
『金魚を逃がす』

「幽暗（ゆうあん）」暗く、かすかなこと。また、そのさま。

唇を捺されて乳房熱かりき癌は嘲ふがに**ひそかに**成さる（連用）

中城ふみ子『乳房喪失』

けものみち**ひそかに**折れる山の上《へ》にそこよりゆけぬ場所を知りたり（連用）

前 登志夫『子午線の繭』

生命線**ひそかに**変へむためにわが抽出しにある 一本の釘（連用）

寺山 修司『田園に死す』

医師去りて残されし薬いえよともはた死ねよともあまりに**謐けき**（連体）

小中 英之『わがからんどりえ』

えにしだの黄のはなびらの**ひそやかに**震えて昼はまた雨が降る（連用）

村野 幸紀『変奏曲』

声聞けば涙わくかも**ひそやかに**からだは機能しているらしく（連用）

佐伯 裕子『未完の手紙』

「はた」あるいは。それとも。
「謐けき（しずけき）」

「えにしだ」（金雀枝）は5月から6月にかけて、葉腋に黄色い蝶の形の花が咲かせる。

ひそやかな恋のごとくに開きゐる茗荷の花のうすき黄の花（連体）

林　三重子『桜桃』

ひそやかに婚期過ぎたる娘《こ》のごとく落ちゆく夜の隠し田の水（連用）

石井　利明『座棺土葬』

ほたりほたり葉末のしづく**密やかに**人と逢ひにき何にか急かれて（連用）

沢口　芙美『変若《をち》かへる』

金色《きん》の藁、月光、フルートの細音、ひらがなの文字みな**やさやさし**（終止）

高野　公彦『河骨川』

たとえば私が他の誰かであったとしても変わらぬはずの**安らかな**日（連体）

大澤　澄子『午後のミルクティー』

「茗荷」ショウガ科の多年草。茗荷の子とよぶ花穂や若芽を食用にする。

「隠し田」中世・近世に、隠れて耕作し、年貢や租税を免れた田のこと。隠田（おんでん）

静謐

おとなしく顔におさまる眼球をますますおさめて湖《うみ》を見ている（連用）

大森　静佳
『ヘクタール』

湯にひたり快哉叫ぶ傍らに馬は**おとなし**草を食みゐて（終止）

雁部　貞夫
『ゼウスの左足』

あはれ**しづかな**東洋の春ガリレオの望遠鏡にはなびらながれ（連体）

永井　陽子
『ふしぎな楽器』

海軍教授のわが前身を知る彼等いたく**静かに**われを迎へたつ（連用）

清水　房雄
『一去集』

肩寄せて語れば清く**しづかなる**まなこ向けくる若さを信ず（連体）

岡野　弘彦
『冬の家族』

「快哉（かいさい）」ああ愉快だと思うこと。胸がすくこと。

その赤き舌思ひをりくちなはのゆきたるのちのくさはら**しづか**（語幹）　原田　千万　『嫣恋』

体重を一キロふやすにさくら食ふ祖国**しづかに**消化されゆく（連用）　仙波　龍英　『墓地裏の花屋』

二年坂**しずかに**雨を降らせおり魔界のような暮れがたにいる（連用）　岡田　恭子　『しずかだね』

牡丹花《ぼたんくわ》は咲き定まりて**静かなり**花の占《し》めたる位置《ゐち》のたしかさ（終止）　木下　利玄　『一路』

白玉の歯にしみとほる秋の夜の酒は**しづかに**飲むべかりけり（連用）　若山　牧水　『路上』

風よりも**静かに**過ぎてゆくものを指さすやうに歳月といふ（連用）　稲葉　京子　『柊の門』

「二年坂」（二寧坂）高台寺から清水寺に至る途中の200メートルほどの坂道。

逢はざれば**しづけかり**けり細書きの万年筆にみたしたる青（連用）

横山未来子『樹下のひとりの眠りのために』

懐古

今宵わが心**つましも**ライアナ・マリア・リルケ失意の時代《とき》を己《おのれ》守りし（終止）

橋本喜典『冬の旅』

ハチ公は**露けき**朝を尾を振りて渋谷への坂下りゆきしか（連体）

石本隆一『花ひらきゆく季』

かにかくにいと**にこやかに**親しみぬ薄《うす》なさけびと深なさけびと（連用）

吉井勇『酒《さか》ほがひ』

菜の花のあかるき彼方亡き祖父母**にこやかに**して春の宴す（連用）

三井ゆき『水平線』

「ライアナ（ライナー）・マリア・リルケ」オーストリアの詩人。19世紀から20世紀の時代を代表するドイツ語詩人として知られる。

蜆蝶垣の根方を弾みゆく声もたぬ身の**ひたむき**のさま（語幹）

石本　隆一
『花ひらきゆく季』

亡き君の面影追へば**ひたむきな**祈りに似たり大き三日月（連体）

福田　淑子
『パルティータの宙《そら》』

埃っぽき昭和の記憶の露地に咲くべんがらいろしたポンポンダリア（連体）

池田裕美子
『時間グラス』

埃っぽきランプをともす梁ふかく愛うすき血も祖父を継ぎしや（連体）

寺山　修司
『空には本』

イメージ

あまやかな風ふきこぬかと待ちおればすきまなきもの心ひかるる（連体）

中村　幸一
『あふれるひかり』

「蜆蝶」シジミチョウ科の昆虫の総称。小形の蝶で、翅の表面は褐色・青色・紫色など。日本には約60種が知られる。

「ポンポンダリア」ダリアの園芸品種。花は径5～7センチメートル。管状の花弁が多数内側に巻いて、手毬状をなす。

「あまやか」とは甘い感じのするさま。

空は夏の匂いを残し暮れゆけり**あまやかなれ**
ば家族の時間（已然）
吉野　裕之
『ざわめく卵』

穏やかな日のなき二月三月にマスクサングラ
ス日課を歩く（連体）
御供　平佶
『傘』

穏やかに日差し温もる睦月半ばコロナの変異
種あらはれにけり（連用）
秋山佐和子
『西方の樹』

桜花やがて満開　**おだやかに**花愛づる日のウ
クライナに来よ（連用）
沢口　芙美
『変若《をち》かへる』

冬芒ふつくらほほけて陽に泛かび亡父のたま
しひ今日は**おだやか**（語幹）
森川多佳子
『そこへゆくまで』

昏睡の母に告げたき夕の虹　方形の視野に**し**
なやかに反る（連用）
楠田　立身
『織月』

しなやかに春待つかたち黄櫨《はぜ》の木は光る若枝《わかえ》を空に掲げて（連用）
結城千賀子
『系統樹』

わが死後の胸のうえにも**しなやかに**きたりて猫もあそびたまえな（連用）
藤田　武
「雁」

月蝕の夜《よる》の小骨は**しぶとく**て息を吸っても止めても痛む（連用）
石川　美南
『架空線』

奢侈な脳　寒さをすべて指先へ集めて靴を磨く日暮れの（連体）
笹川　諒
『水の聖歌隊』

神無月風に紅葉の散る時は**そこはかとなく**ものぞ悲しき（連用）
藤原　高光
『新古今和歌集』

そこはかとなく漂える淋しさをわずかにわかつ真夜の酒房に（連用）
光栄　尭夫
『姿なき客人』

「黄櫨の木」ウルシ科の落葉高木で、ハゼノキを別名「黄櫨（こうろ）」という。

「奢侈（しゃし）」度を過ぎてぜいたくなこと。身分不相応に金を費やすこと。また、そのさま。

強い人にはなりたくない　玉葱は水に三分さらすがよろし（連体）
藤島　秀憲『ミステリー』

きっかけは脱水されたジーパンが**つよく**絡まりあっていたこと（連用）
平岡　直子『うたわない女はいない』

強気なる我なりしかどやうやくにわが能力のさきざきを思ふ（連体）
柴生田　稔『冬の林に』

五センチの踵をもてるサンダルはこころを少し**強気に**させる（連用）
遠藤　由季『北緯43度』

ナチはユダヤをユダヤはパレスチナをひしなぐり**弱き**をひしぐ歴史は絶えず（連体）
坪野　哲久『人間旦暮』

初夏来れば草木《さうもく》は血をしたたらし**劣弱な**ぼくを歓待しをり（連体）
加部　洋祐『亞天使』

「ひしぐ」押しつけてつぶす。勢いをくじく。

きざし来る猜疑を秘めて書く手紙明るき雨と書きつつ**脆し**（終止）

大西　民子
『不文の掟』

そつと手にかければ**脆く**くづれゆく優しい秘密主義者のミルフィーユ（連用）

睦月　都
『Dance with the invisibles』

手をかかげ応へあへるを邂逅の**脆く**あかるき証となせり（連用）

横山未来子
『樹下のひとりの眠りのために』

湖《うみ》の面《おも》ゆらぎてありぬ**脆きもろき**風と光の抱擁を見し（連体）

星野　京
『限りなき賛歌』

噴水は疾風にたふれ噴きゐたり　**凛々《りり》たり**きらめける冬の浪費よ（終止）

葛原　妙子
『原牛』

青鱚子の緊まる腹をぞ掻つさばくかかる手わざの女房**凛々しき**（連体）

島田　修三
『晴朗悲歌集』

「猜疑（さいぎ）」人の言動をすなおに受け取らないで、何かたくらんでいるのではないかと疑うこと。

「邂逅（かいこう）」思いがけなく出会うこと。偶然の出会い。めぐりあい。

「青鱚子（アオギス）」キス科の海水魚。全長約40センチ。体色は青みを帯びる。

掲載歌人さくいん

か

き

編者略歴

梓　志乃（あずさ しの）1942 年 愛知県生まれ
1965 年 現代詩から一行詩を目指し現代語自由律短歌をこころざす。現在「藝術と自由」編集発行人。現代歌人協会、日本文藝家協会、日本ペンクラブ会員。日本短歌総研に参加。歌集『美しい錯覚』（多摩書房）『阿修羅幻想』（短歌公論社）『遠い男たち』（北羊館）『幻影の街に』（ながらみ書房）他。

石川 幸雄（いしかわ ゆきお）1964 年 東京都生まれ
詩歌探究社「蓮」代表。2007 年短歌同人誌「開放区」に参加、2018 年日本短歌総研設立に参画。現在、十月会会員、板橋歌話会役員、野蒜短歌会講師、現代歌人協会会員。歌集『解体心書』（ながらみ書房）『百年猶予』（ミューズコーポレーション）他、評論「田島邦彦研究〈一輪車〉」（ロータス企画室）他。

川田　茂（かわた しげる）1951年 栃木県生まれ 画家・歌人
東京造形大学造形学部美術学科絵画専攻卒業。齣展会員。全国にて展覧会多数。少年画集『トロポポーズの唄』刊行。日本現代詩歌文学館企画『天体と詩歌』に参加。歌集『隕石』『硬度計』『粒子と地球』他。中部短歌会編集委員、神奈川県歌人会役員、現代歌人協会会員。

水門 房子（すいもん ふさこ）1964 年 神奈川県生まれ
短歌グループ「環」同人、「現代短歌舟の会」編集委員。現代歌人協会、日本歌人クラブ、千葉県歌人クラブ、千葉歌人グループ「椿」、「十月会」、「金星／ VENUS」会員。歌集『いつも恋して』（北冬舎）『ホロヘハトニイ』（ながらみ書房）。

武田 素晴（たけだ もとはる）1952 年 福岡県生まれ
「開放区」「えとる」を経て、2020 年「余呂伎」短歌会。日本短歌総研会員。歌集『影の存在』『風に向く』（ながらみ書房）共著『この歌集この一首』（ながらみ書房）。

依田 仁美（よだ よしはる）1946 年 茨城県生まれ
「現代短歌舟の会」代表、「短歌人」同人、「金星 /VENUS」主将。「そよぎ」コーディネーター、現代歌人協会員、日本短歌総研主幹。歌集『骨一式』（沖積舎）、『乱髪 Rum-Parts』（ながらみ書房）『悪戯翼《わるさのつばさ》』（雁書館）。作品集『正十七角形な長城のわたくし』『あいつの面影』『依田仁美の本』（以上北冬舎）他。

●日本短歌総研は、短歌作品、短歌の歴史、歌人、短歌の可能性など、短歌に関わる一切の事象を自由に考究する「場」として、2017年5月に発足しました。事業展開は、個人毎の自由研究のほか、テーマごとに編成する「研究ユニット」により進めています。
著作：『誰にも聞けない短歌の技法Q&A』『短歌用語辞典 増補新版』『短歌文法入門 改訂新版』『恋の短歌コレクション1000』『固有名詞の短歌コレクション1000』以上、飯塚書店。

形容詞・形容動詞の短歌 コレクション1000

令和6年9月5日　第1刷発行

著　者　日本短歌総研
発行者　飯塚 行男
発行所　株式会社 飯塚書店　http://izbooks.co.jp
〒112-0002 東京都文京区小石川5－16－4
TEL 03-3815-3805　FAX 03-3815-3810
装　幀　山家 由希
印刷・製本　日本ハイコム株式会社

　ISBN978-4-7522-1052-8　